한의韓醫
스페셜
리스트

한의 스페셜리스트 9

가프 장편소설

초판 1쇄 찍은 날 § 2018년 9월 10일
초판 1쇄 펴낸 날 § 2018년 9월 17일

지은이 § 가프
펴낸이 § 서경석

총괄팀장 § 최하나
편집책임 § 김경민

펴낸곳 § 도서출판 청어람
등록번호 § 제387-1999-000006호
등록일자 § 1999. 5. 31
어람번호 § 제1-2952호

주소 § 경기도 부천시 부일로 483번길 40 서경B/D 3F (우) 14640
전화 § 032-656-4452 팩스 § 032-656-4453
http://www.chungeoram.com
E-mail § chungeorambook@daum.net

ISBN 979-11-04-91825-4 04810
ISBN 979-11-04-91658-8 (세트)

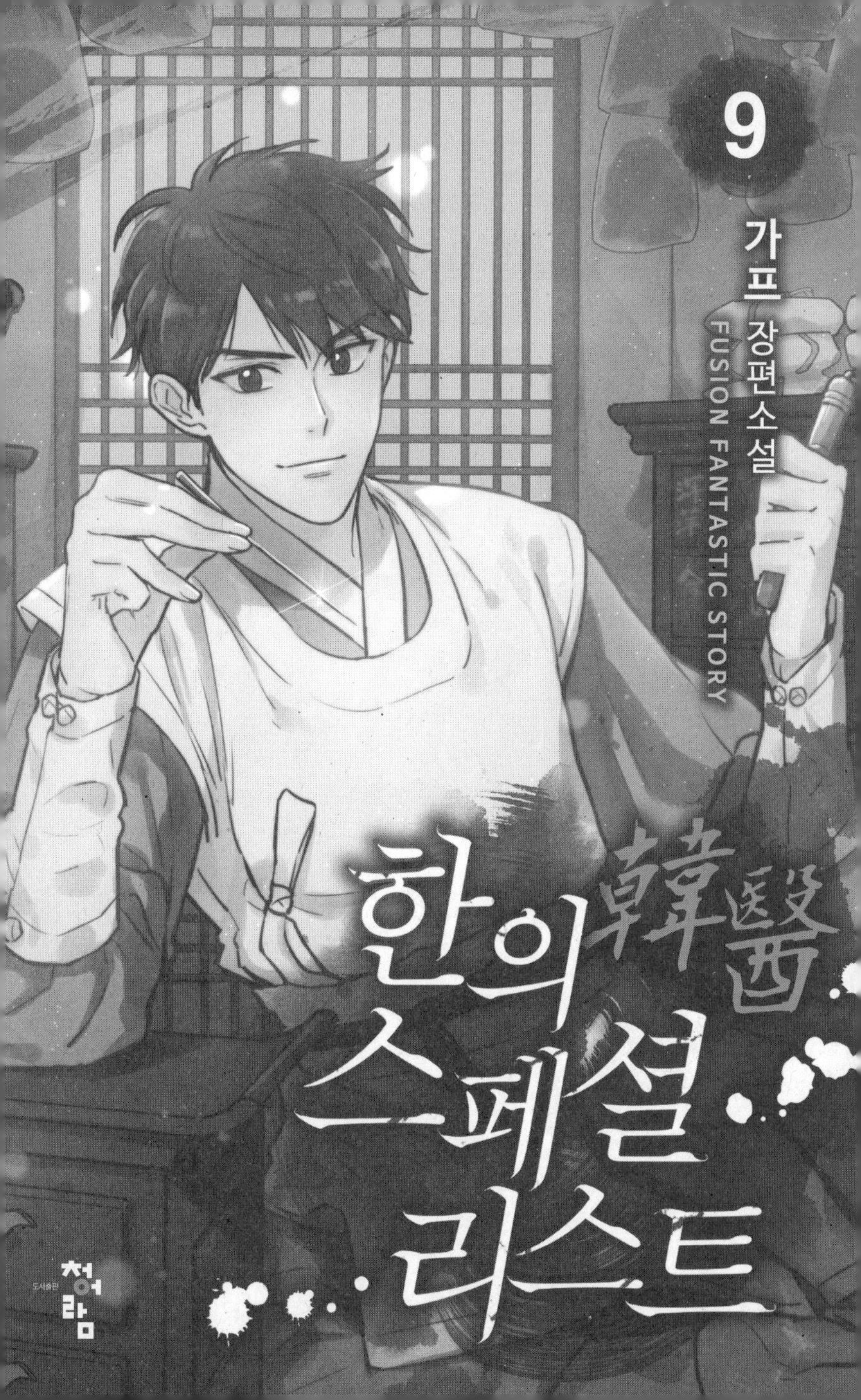
9
가프 장편소설
FUSION FANTASTIC STORY
韓醫
한의 스페셜리스트
도서출판 청어람

Contents

1. 담도암과 붕어회

이 작품은 작가의 창작입니다. 실제 한의술과 다를 수 있습니다. 소설로만 읽어주시면 고맙겠습니다.

치매.

인간을 슬프게 만드는 질병 중의 하나다. 머릿속에 지우개
가 들어온다.

슥슥삭삭.

날마다 기억을 지워댄다.

치매의 영약은 산해경에 명시적으로 나온다. 평균 수명이
짧았을 먼 과거에도 치매는 기승을 부렸던 걸까? 원산지는 북
산경의 용후산이다. 결결수라는 물줄기가 이 산에서 시작되
어 황하로 간다. 이 물 속에 사람 목소리를 닮은 소리를 내는

물고기가 있다. 이것을 약으로 삼으면 치매에 걸리지 않는다.

윤도는 물론 이 물고기를 확보했다. 진경태로 하여금 집중 분석하게 시켰다. 다는 아니지만 일부 성분을 얻었다. 윤도의 치매 약침의 베이스 중 하나로 삼은 것도 이 성분이다.

단백질이 뒤엉켜서 오는 알츠하이머성.

뇌의 작은 혈관이 막혀서 야기되는 혈관성.

전자의 신약은 윤도가 나갈 길을 알고 있었다. 원래 뇌세포는 한 번뿐인 삶을 산다. 재생되지 않는 것이 특징이다. 윤도의 신약 원리는 재활에 속했다. 재생과 재활은 다르다. 재생은 새로운 세포가 살아나는 것을 뜻하지만 재활은 기능이 떨어진 뇌세포를 자극해 정상 수준으로 복원시키는 것이다. 뒤엉킴으로 기능을 못하는 뇌세포를 펼쳐 기능을 찾게 하는 게 그와 다르지 않았다.

"청와대요?"

비가 오는 날, 원장실을 나설 때 진경태가 물었다.

"예."

"섭섭하지 않습니까?"

"아뇨."

진경태의 질문에 윤도가 고개를 저었다. 진경태의 의미는 대통령 주치의였다. 부용의 의견을 듣고 고사한 주치의. 대통령은 그 뜻을 받아들여 자문의로 위촉하는 것으로 가닥을 잡왔다. 그 결과 위촉장을 주기 위해 윤도를 호출한 것이다.

"역시 원장님은 레벨이 달라요. 저번에 호통 치던 김남수 씨 같으면 열 일 제치고 타이틀 잡으려고 혈안이었을 텐데……."

"그분도 훌륭하신 분이에요. 그러니까 강원도에서 여기까지 후학을 체크하러 오셨지요."

"그렇게 생각하면 그렇기도 하군요."

"이거 약침 수정표인데 성분 조절 좀 해주세요."

윤도가 치매 신약에 대한 자료를 내밀었다.

"병원들 자료로군요?"

"예, 광희한방대학병원하고 SS병원의 자료에서 뽑은 거예요."

"알겠습니다. 염려 마시고 잘 다녀오기나 하세요."

진경태가 웃었다.

"원장님."

진경태 뒤에 있던 정나현이 다가섰다.

"예약 환자 진료라면 남은 거 알고 있습니다."

"바쁘실 거 같아서 연기하려고 했는데 이분이 워낙 먼 데서 오는 데다 하도 간절한 분이라서……."

"얼마나 멀어요?"

"밀양……."

"멀긴 하네요. 도착하시면 문자 넣어두세요. 청와대에 물었더니 간단히 위촉장 받고 차 한잔 마시는 자리라니 두 시간 정도면 될 거 같네요."

"알겠습니다."

정나현이 나와 입구 문을 열어주었다.

부릉!

시동을 걸고 도로에 올라섰다. 빗줄기가 제법 굵어졌다. 오늘 자리에는 손석구도 참석한다는 전갈이 왔다. 그도 자문의 위촉을 받은 모양이다. 그걸 생각하니 주치의 거절은 잘한 일 같았다. 소위 노가다라는 '중증외상' 환자 치료에 한평생을 바쳐온 손석구. 그런 사람 앞에서 윤도가 주치의로 위촉되면 그의 상실감은 어떨까? 어차피 윤도에게는 거추장스럽기만 한 타이틀. 그렇기에 한결 마음이 가벼운 윤도였다.

"채 선생님."

청와대에 도착하자 손석구가 윤도를 맞았다. 그는 다른 의사와 함께였다. 그가 윤도를 의사에게 소개해 주었다. 피부과 자문의를 맡은 사람이었다.

"도쿄대첩을 듣고 한번 뵙고 싶었습니다."

피부과 자문의는 SR병원 부원장이었다.

"별말씀을……."

"아닙니다. 미나토라는 일본인의 피부암을 고치고 문화재를 반환했다는 보도가 나왔을 때는 천년 묵은 산삼이라도 썼나 생각했는데 이번 도쿄에서의 방사능 피폭자들 치료를 보고 반성했습니다. 한방이 눈부시게 발전했군요."

"그렇죠. 이제 한방이 우리 양방 위로 갈 날도 멀지 않은 것 같습니다. 저만 해도 채 선생님께 두 눈을 빚지고 있으니까요."

손석구도 칭찬 릴레이에 끼어들었다.

"선생님까지 왜 이러십니까?"

"왜 이러긴요. 내가 지금 누구 때문에 이 자리에 왔는데요. 선생님이 두 눈에 빛을 주고 나아가 추천까지 했다면서요?"

"그거야……."

"여기 정헌승 부원장님은 제 의대 선배십니다. 3년 선배인데 그때 갈굼 좀 당했죠. 그러니 혹시라도 피부과 협진하자고 하면 거절하십시오. 저한테 싹싹 빌고 오면 해주신다고 하고……."

"아이고, 손 선생, 해부실에서 일어난 일을 아직도 우려먹나? 이럴 줄 알았으면 아예 제대로 굴릴 걸 그랬구만."

웃는 사이에 비서관이 나왔다.

"세 분, 들어오시죠. 대통령님 나오십니다."

"가시죠."

손석구가 앞장을 섰다. 윤도는 그 뒤를 따라 걸었다.

짝짝짝!

박수와 함께 대통령이 입장했다. 비서실장과 비서관 둘이 대통령을 수행했다. 접대실에 초대된 의사의 숫자는 모두 여섯이었다. 한의사는 윤도가 유일했다.

"이렇게 다들 와주셔서 고맙습니다. 여러분이 떡하니 버티고 있으니 제가 마치 천년만년 살 것 같은 기분입니다."

대통령이 덕담을 시작했다.

"오늘 처음 보는 얼굴이 있을 겁니다. 채윤도 선생, 일어나 인사하시죠."

대통령이 윤도를 바라보았다. 윤도가 일어나 좌중을 향해 인사했다.

"한의학을 하는 채윤도입니다. 쟁쟁한 분들을 뵙게 되어 영광입니다."

짝짝!

윤도가 인사하기 무섭게 손석구가 박수를 쳤다. 다른 의사들도 동참했다.

"아시다시피 채 선생이 이번에 도쿄대첩으로 불리는 엄청난 외교적 성과의 발단을 맡아주었습니다. 외신도 주목하는 바, 방사능 피폭으로 야기된 암 환자들이었습니다. 이는 세계적으로도 예가 드문 일이라는 말을 들었습니다. 해서 저도 이미 채 선생에게 소소한 건강관리를 받아 그 침술 능력을 알기에 우리 전통 의술인 한의학의 우수성을 대내외에 천명할 겸 대통령 자문의로 위촉하게 되었습니다. 앞으로 함께 의견을 나누며 부족한 이 사람의 국정 수행을 도와주시면 고맙겠습니다."

대통령이 다가와 윤도의 어깨를 짚었다.

짝짝!

다시 박수가 실내를 울렸다.

차가 나오고 잠시 담소가 오가게 되었다. 주치의와 자문의들의 관심은 온통 장침에 꽂혀 있었다.

"어떤 원칙으로 암 치료를 실시했습니까?"

"약침의 성분을 좀 알 수 있습니까?"

"침을 넣어 암세포를 직접 공략하는 게 가능합니까? 내시경이나 수술로봇을 넣는 것도 아니라면서요?"

한마디 한마디가 보태지더니 결국 뜨거운 질문까지 나오고 말았다.

"그렇다면 부작용은 어떻습니까? 기혈이나 혈자리라는 게 결국 한의사의 감에 의존할 수밖에 없을 텐데 고난도 침술을 펼친다는 건 부작용에 대한 위험성 또한 함께 높아진다는 뜻 아닌가요?"

"……"

질문 뒤에 침묵이 이어졌다. 의사들은 모두 윤도를 주목하고 있었다.

"제 침에 대한 부작용은 걱정하지 않으셔도 됩니다."

윤도가 잘라 말했다.

"과학적으로 입증할 수 있는 말입니까?"

"그전에 묻겠습니다. 혹시 수학은 과학과 통하는지요?"

"그야 당연한 말을……."

"그럼 인도의 천재 수학자 라마누잔을 아시는지요?"

"들어는 보았소만."

"누군가 수학의 길을 물으니 그가 이런 말을 했더군요. 나마기리 여신이 복잡한 수학 공식과 정리가 적힌 두루마리를 눈앞에 보여준다. 그 말에 빗대 편작과 화타가 침술의 길과 혈자리를 보여준다고 하면 되겠습니까?"

"허어."

윤도의 답에 질문을 던진 자문의가 탄식을 토했다.

"명언이군요."

손석구는 윤도를 지지하고 나섰다.

"과학의 짝으로 불리는 수학자 역시 영감은 신에게서 받는다는 뜻 아닙니까? 그렇다면 채 선생이라고 신에게 영감을 받지 못한다는 법이 없지요."

"……."

"저도 중증외상 환자들 치료를 맡고 있지만 솔직히 환자의 목숨을 구하지 못할 때도 있습니다. 그런 이야기로 채윤도 선생의 쾌거를 흐릴 자리가 아니라고 봅니다."

"손 선생, 내 채윤도 선생을 폄훼하자는 게 아니라 믿기지 않아서 그러는 것이라오. 전기 자극도 없이 달랑 침으로 암 치료라니. 그렇지 않습니까? 이게 어느 한의사나 보편적으로 가능하다면 암 환자와 난치병 환자 치료에 획기적인 전기가 될 일입니다."

"실은……"

듣고 있던 윤도가 운을 떼고 나왔다.

"그래서 향후 고도의 침술 능력을 갖추는 특별한 한의사 양성 대학을 만들었으면 좋겠다는 생각을 하고 있습니다만."

"……!"

윤도의 한마디에 자문의들의 입이 벌어졌다. 정작 그 말을 한 윤도는 소탈하게 웃을 뿐이다. 어쩌면 조크로 들었을 수도 있다. 하지만 윤도는 계산된 발언이었다.

공표!

그건 인간에게 책임감을 갖게 만든다.

나 올해 금연이야.

나 올해 살 10kg 뺄 거야.

선언하는 순간 책임감이 따른다. 실없다는 소리 듣지 않으려면 실천해야 한다. 지금 윤도 앞에 앉은 사람들은 대한민국 현대 의학을 대표하는 거물들. 거기에 대통령과 비서관들까지 있는 자리. 그렇기에 윤도의 책임감도 그만큼 강력하게 요구되는 발언이었다.

주치의와 자문의들이 침묵했다. 발언을 한 사람은 딱 한 명이었다.

"채 선생이라면 할 수 있을 겁니다."

이번에도 손석구였다.

"하핫, 역시 채 선생이 화제로군요. 앞으로 이런 자리 자주 마련해야겠습니다."

대통령이 마무리를 했다. 윤도는 따로 자문의 위촉장을 받고 경내를 나왔다.

"채 선생."

손석구가 따라 나올 때 펑 하고 플래시가 터졌다. 기자들이었다. 성수혁 차장도 보였다. 마침 윤도의 핸드폰이 울렸다. 정나현이었다.

"아, 정 실장님."

윤도가 전화를 받았다.

─원장님, 통화 괜찮으세요?

"무슨 일 있어요?"

─다른 게 아니고… 밀양에서 예약 환자가 왔는데… 119 구급차를 타고 왔어요.

"밀양에서 119를요?"

―그게 아니고 오는 길에 보호자에게 문제가 생겨 도중에……

"환자가 아니고 보호자라고요?"

―이분이 생활침을 놓는데요, 오는 길에 배가 아파서 자기 상복부에 자침을 했는데 그게 절침이 되면서 안으로 들어가 버렸대요. 일단 병원에 가서 X―ray라도 찍어보라고 해도 막 무가내세요. 원장님 같은 신침 침술이면 절침된 침 조각도 꺼낼 수 있을 거라고……

"……!"

"급한 모양인데 가보세요."

옆에 있던 손석구가 웃으며 뒷말을 이었다.

"모처럼 시간이 나서 차라도 한잔 같이 마실까 했는데 아쉽군요."

"그럼 같이 가시죠. 저희 한의원에 좋은 차가 있습니다."

"그럴까요? 채 선생님 한의원 구경도 할 겸."

손석구가 동의했다. 거기에 한 명이 추가로 붙었다.

"저도 끼워주시죠."

성수혁 기자였다.

바릉!

윤도의 차가 출발했다. 선두는 성수혁의 취재 차량이 맡았

다. 그가 윤도를 위해 경광등을 켜고 진로를 개척하는 것이
다. 그 뒤로 두 대의 차량이 따랐다. 손석구와 성수혁 차장의
자가용이다.

절침…….

윤도는 머리를 정리하기 시작했다. 그렇다면 그녀도 구식
침을 쓰는 게 틀림없었다. 최근에 한의원에서 쓰는 침들은 부
러지지 않기 때문이다.

절침된 침을 빼는 방법은 많았다. 하지만 뺄 수 없는 경우
도 있었다. 그렇게 되면 외과적 수술을 단행해야 한다. 부위
가 복부라니 위험할 수도 있었다.

"원장님."

한의원에 도착하자 기다리고 있던 승주가 다가왔다.

"환자는?"

"안에 계세요."

"저분들 좀 모셔."

윤도는 두 차를 가리키고 안으로 뛰었다.

"1번 침구실이에요!"

접수대 앞에서 정나현이 소리쳤다. 윤도가 들어서자 두 환
자가 보였다. 연재가 임시 처치를 맡고 있었다.

"원장님."

"어때요?"

윤도가 가운을 집어 들었다.

"남자분이 예약 환자이고 여자분이 보호자인데……."

설명을 들으며 여자에게 다가섰다. 중병의 말기 암 환자를 앞에 두고 절침 환자를 먼저 돌봐야 했다. 아이러니가 아닐 수 없다.

그런데…….

"저는 참을 만해요. 그러니 우리 아들부터……."

보호자 장명화. 그녀는 배를 잡은 채 웃어 보였다. 얼굴에는 고통이 배어 있지만 찡그리지 않는 사람. 그 모성애에 놀라 암 환자를 바라보았다.

"어머니부터 부탁합니다."

아들도 같은 말을 했다.

"……!"

윤도는 잠시 황망했다. 두 사람의 표정 때문이다. 이런 경우 대개는 깊은 슬픔이 배어나온다. 목숨이 왔다 갔다 하는 암 환자에 절침으로 배 속에 침이 든 환자. 그럼에도 두 사람의 표정에는 긍정의 햇살이 더 진했다.

"그럼 조금만 기다리세요."

아들에게 말하고 장명화에게 다가섰다. 응급 환자부터 치료하는 게 순서기 때문이다.

"저는 정말 괜찮은데… 실은 전부터 참았던 거거든요."

'전부터?'

장명화의 말에 윤도의 솜털이 발딱 일어섰다.

"죄송하지만 얼마 전에도 절침이 있었어요. 게다가 아들의 병이 중하잖아요."

"그 침은 뺐습니까?"

"아뇨. 외과에서 개복을 했는데 찾지 못했어요."

'크헉.'

어이 상실.

그렇다면 이 여자의 몸속에는 절침이 둘?

"영상에서 골반 쪽에 금속 물질이 보인다며 개복하자는 거예요. 그래서 개복을 했는데 침이 안 보여서요. 두 시간 넘게 찾다가 포기하고 닫았어요. 그냥 퇴원했죠, 뭐."

"……."

"그 후로 쭉 괜찮았는데 그 침이 안에 숨어 있다가 오늘 부러진 침하고 만났나 봐요. 둘이 사랑이라도 나누는 건지 이렇게 볶아대네요."

장명화의 말이 윤도를 한 번 더 뒤집어놓았다.

'이 여자, 대체…….'

담대한 건지 무모한 건지 분간이 가지 않았다. 하지만 말투나 행동으로 보아 굉장히 스마트해 보이는 사람. 거두절미하고 진맥부터 했다.

'침……'

눈을 감고 장명화의 복부에 집중했다. 거기서 전해오는 맥의 정보를 받았다.

'젠장.'

그녀의 말은 참이었다. 하복부에 두 개의 침이 느껴졌다. 정확히는 골반 쪽이었다. 장명화의 말처럼 천생연분이라도 되는지 찰떡처럼 붙어 있었다.

"오늘 절침 후에 X—ray 찍어보신 겁니까?"

윤도가 물었다.

"아뇨."

"그런데 어떻게?"

"침이 안에서 만났죠?"

"……"

"침이 말을 했어요. 선생님이 꺼내주실 수 있다고."

"예?"

이 여자, 점입가경이다.

"꿈을 꾸었거든요. 이런 말 믿지 않겠지만 제가 예지몽을 꾸어요. 꿈에서 선생님을 만났는데 걱정하지 말라고 했어요. 제 침도, 우리 아들의 암도……."

"어머니……."

"저 정신 이상한 사람 아니에요. 미신 믿는 무속인이나 보살도 아니고요. 이래 봬도 독실한 천주교 집안이랍니다."

그녀가 목을 의식해 보였다. 거기 은빛 십자가 목걸이가 빛나고 있었다.

"아들을 살려주세요. 돈이 중요한 건 아니지만 제가 사학재단을 운영해요. 아들만 살려주시면 전 재산의 반이라도 내드리겠어요."

처음에는 절침이더니 이제는 돈으로 정신을 흐린다.

"일단 침이나 뺀 후에 말씀하시죠. 안 되면 당장 가까운 병원으로 가서야 합니다."

"저는 선생님을 믿어요."

장명화는 조금도 걱정하지 않았다. 걱정하는 사람은 오히려 윤도였다. 어쩌면 환자와 한의사의 역할이 바뀐 것만 같았다.

확인을 위해 한 번 더 진맥을 했다. 절침의 위치는 대장 안, 직장 쪽으로 가까웠다. 혈자리 세 곳에서 반응해 왔다. 손목 위의 지구혈, 복부의 중완혈, 등 쪽의 대장수혈이었다. 바로 장침을 꽂았다. 지구혈과 중완혈에서 대장의 연동운동을 자극했다. 두 혈은 원래 변비에 많이 쓰이는 혈자리. 변을 밀어 안에 있는 침을 꺼내려는 생각이다.

하지만 침은 날카로운 것. 행여 장부에 걸리지 않도록 느리게, 느리게 자극을 주었다.

"좋아요."

장명화가 혼자 중얼거렸다. 남의 일처럼 천하태평이다.

"좋아요."

한 번도 아니었다. 자극의 세기에 따라 그녀의 말이 반복되었다. 좋게 보면 긍정의 아이콘 같았다. 아프다고 인상을 쓰는 것보다는 나아 그냥 시침에 몰입했다.

대장의 내용물이 서서히 직장으로 밀려 나갔다. 거기에서 잠시 멈추고 진맥을 했다.

좋아요.

그 말이 신호였을까? 절침은 처음의 자리에서 아래쪽으로 내려가 있었다.

'좋았어.'

장명화의 말에 물든 것인지 윤도도 같은 생각을 했다. 확신을 한 윤도가 장침 하나를 더 꺼내 들었다. 그 침은 엉덩이 위의 요근혈로 들어갔다. 침 끝을 감아 항문 쪽에 강력한 침감을 넣었다.

"어머!"

장명화가 꿈틀 움직였다.

"아프세요?"

"아뇨. 화장실……."

다시 윤도의 침이 끝까지 들어갔다.

"지금은요?"

"쌀 거 같아요."

"김 샘, 이분 화장실로 안내해 주세요. 그리고……."

침을 뽑은 윤도가 특별 지시를 내렸다. 승주는 잠시 황당한 표정이었지만 윤도의 말을 따랐다.

잠시 장명화를 기다렸다. 절침이 나오지 않으면 시침을 다시 해야 할 판이다. 혹시라도 대장 안에 융종이나 장애물이 있어 침 끝이 걸렸다면 양방 응급실행을 피할 수 없다.

기다리는 동안 아들을 보았다. 눈썹이 살짝 기울고 혈색에 푸른 느낌이 배어 있다. 암의 기세가 좋지 않은 건 확실했다.

"선생님, 저 왔어요."

장명화가 잠시 후에 돌아왔다. 하지만 승주는 오지 않았다. 윤도가 화장실로 향했다. 거기에 승주가 한숨을 쉬고 있었다. 그녀 앞에 놓인 건 한 바가지의 응아였다.

장명화의 응아.

변기 안에다 볼일을 보면 안 될 일이었다. 절침이 나왔는지 아닌지 알려면 응아를 헤쳐 확인해야 하는 까닭이다. 지금은 아니지만 과거에는 이런 일이 많았다. 특히 어린아이들이 부모 모르게 동전 같은 걸 삼키는 일이 잦았다. 그럴 때면 아이가 응아를 할 때마다 철저하게 수색에 나서야 했다.

승주가 주저하는 건 수색의 경험이 없기 때문이다. 게다가

장명화의 응아는 막강 분량에 악취까지 강했다.

"내가 할게."

윤도가 폴리글러브에 마스크를 끼고 나섰다.

"아, 아니에요, 원장님."

"아니긴… 군대 안 가봐서 수색할 줄 모르잖아?"

"그건 선생님도 공보의……."

"어, 그런가? 하지만 나는 훈련소에서 특급 병사였어."

되는 대로 지어대며 그녀를 밀어냈다. 윤도는 바닥의 응아 덩어리 앞에 앉았다. 젓가락 두 개를 들고 응아를 헤집었다. 냄새는 이미 잊었다. 팩트는 오로지 절침이었다.

"빙고!"

절반쯤 헤집던 윤도가 소리쳤다.

"나왔어요?"

"오케이!"

윤도가 절침 한 조각을 집어 보였다.

"와아!"

승주가 감탄을 터뜨렸다. 응아에서 나온 이물질을 보고 감탄하기는 그녀 인생에서 처음이다. 하지만 두 번째 침은 보이지 않았다.

'젠장.'

첫 환호는 응아 향 속으로 사라졌다. 진맥으로 느낀 침 조각은 두 개였으니 하나만 나와서는 안 될 일이었다.

재수색.

윤도가 호흡을 골랐다. 이번에는 아예 응아를 뭉개듯 분해하며 정밀 수색에 나섰다. 끝에 남은 조각에서 남은 침을 찾았다. 녀석은 섬유질에 섞여 숨어 있었다.

"잡았어."

윤도가 또 하나의 절침을 들어 보였다. 시침보다 어려운 수색이 끝나는 순간이다.

"어머!"

두 개의 침 조각을 받아 든 장명화가 입을 쩍 벌렸다. 물론 알코올에 담갔다가 꺼낸 것이다.

"맞아요. 제가 쓰는 침."

장명화도 감격스러운 표정이었다.

"쩝."

윤도가 혼자 입맛을 다셨다. 응아 수색의 추억 때문이다.

"그거 침의 질이 안 좋아요. 어디서 구하셨어요?"

"이거… 저희 아버지가 쓰시던 침이에요."

"……?"

"아버지가 사이비 침구사셨거든요. 학교 이사장 하는 분이 친구에게 곁눈질로 배운 거니 영락없는 사이비 맞죠?"

혼잣말처럼 말하며 그녀가 웃었다. 이래도 저래도 웃고 있는 장명화. 아무래도 연구 대상처럼 보였다.

"저 어릴 때 이 침 맞으면서 살았어요. 체해도 침, 두통에도 침, 심지어는 시험 때마다, 어쩌다 울어도 침을 놓으셨어요. 그게 싫어서 아파도 아프다는 말을 안 하고 살 정도였으니까요."

"……"

"그래서 나중에 아버지 돌아가셨을 때 침통부터 갖다 버렸는데 그날 밤 꿈에 아버지가 보여요. 이제 그 침에 신통력이 생겼으니 당장 찾아오라고. 언젠가 우리 재우를 구해줄 침이라고……"

"꿈에요?"

"네, 아버지가 꿈에 보인 건 처음이었어요. 그래서 쓰레기통을 뒤져 다시 찾아왔죠. 그러다 어느 날 제가 지독한 식체를 당했는데 병원에 가도 안 고쳐지는 거예요. 그래서 아버지 기억을 떠올려 침을 찔러보니 세상에……"

그 자리에서 체한 게 시원하게 내려가지 뭐예요.

장명화의 뒷말이다.

이후로 그녀는 민간 침 요법을 배웠다. 소소한 질병을 침으로 다스렸다. 최신 침이 많지만 바꾸지 않았다. 아버지의 꿈 때문이다.

"그래서 절침이 되었는데도 몸에 안고 살았던 거예요?"

윤도가 물었다.

"병원에 가기는 했다니까요. 거기 의사가 초짜라서 못 꺼낸 거죠. 아니면 선생님 앞에서 나오려고 했던 건지."

장명화가 또 웃었다.

"그 아버지께서 꿈에 나타나 아들을 저한테 보내라고 했다는 건가요?"

"네."

장명화는 한마디로 대답했다.

"진맥을 해보니 다행히 절침에 의한 부작용은 없는 거 같네요. 이제 아드님 진료해야 하니까 누워서 좀 쉬세요."

"우리 아들 꼭 좀 부탁해요. 선생님이 아니면 합격된 검사 임용, 불합격이거든요."

"검사 임용이라고요?"

돌아서던 윤도가 걸음을 멈췄다.

"우리 재우, 재수에 재수를 거듭해서 로스쿨 마친 후 간신히 검사 시험에 합격했어요. 그러다 얼마 전에 복통이 심해서 병원에 갔더니 담도암이라고 해요. 그것도 수술 불가의 말기……."

"그럴 때까지 몰랐단 말인가요?"

"전에 아이가 담석 수술을 한 적이 있는데 그때가 시초인 거 같아요. 하지만 그때 초기 암을 발견하지 못하는 바람에……."

"임용 예정일은 언제인데요?"

"2주일 남았어요. 그래서 제가 날마다 여기다 전화를 걸어
서 겨우 예약을 받은 거예요. 간호사 선생님들에게 미안하다
고 전해주세요."

"2주일이라고요?"

"네, 2주일."

장명화는 또 웃는다. 그녀에게 2주일은 마치 2년이라도 되
는 듯 느긋하게 보였다.

"짧은 시간인 줄은 알지만 아버지가 그러셨어요. 걱정하지
말라고. 선생님이 다 해결해 주실 거라고."

윤도의 표정을 읽은 듯 장명화가 부연했다.

그런데 긍정의 아이콘은 장명화만의 것이 아니었다. 그녀의
아들 석재우도 판박이였다. 서울지검장 부자가 떠올랐다. 둘
이 기타를 치던 모습. 거기서 느끼는 붕어빵과는 또 다른 느
낌이다.

"눈썹 말이에요. 원래 이렇게 생겼나요?"

윤도가 맥을 잡으며 물었다.

"예?"

"눈썹이요. 원래 이렇게 생겼냐고요."

"눈썹이요? 눈썹이 왜요?"

석재우는 윤도의 말을 명쾌하게 캐치하지 못했다. 귀가 어두워진 것이다.

"귀는요? 원래 좀 어두웠어요?"

이번에는 석재우의 귀에 대고 말했다.

"아뇨. 얼마 전부터 그런 거 같습니다."

그제야 제대로 대답이 나왔다.

청력은 약해지고 눈썹은 기울고, 거기에 더해 얼굴은 누렇게 뜬 푸른빛. 담의 기가 끊어지기 직전이었다. 저 기가 툭 끊어져 얼굴의 푸른색이 희끄무레하게 변하면 목숨을 놓을 일이다. 그야말로 목숨이 위태로운 일. 검사 임용을 생각할 때가 아니었다.

진맥을 시작했다. 첫 맥부터 기세가 사납다. 달리 침묵의 살인자로 불리는 담도암인가? 난소암과 신장암, 담도암. 이들은 모두 저승사자의 소리 없는 낙인이다.

석재우.

검사 시험에 합격한 재원.

두 번의 재수를 거쳐 로스쿨에 들어갔다. 이후 지도교수의 추천을 받아 바늘구멍 검사 임용 과정을 뚫어냈다. 변호사 시험까지 합격하고 임용 절차만 남은 예비 검사. 그러나 느닷없는 담도암 진단으로 검사 임용은커녕 목숨을 부지하기도 힘든 판이 되었다.

담도.

숨은 장기라고 말한다. 간에서 나온 담즙이 십이지장으로 흘러가기까지의 경로를 담도라고 한다. 담도는 그물을 연상하면 쉽다. 가는 실개천이 모여 큰물을 이루듯 간 속에 있는 가늘고 많은 관들이 가닥가닥 합쳐 큰 관을 이룬다.

담관은 간 내 담관과 간 외 담관으로 나뉜다. 암이 발생하는 위치에 따라 간 내 담도암과 간 외 담도암으로 구분하게 된다.

석재우의 경우에는 담관 주변으로 암이 침윤을 했다. 그렇기에 절제 수술을 할 수 없는 경우가 되었다. 그러나 이제 황달이 심해진 상황. 현대 의학에서는 개복수술 아니면 내시경을 이용한 스텐트 삽관술을 권하고 있었다. 암은 잡지 못하더라도 황달은 해결해야 하기 때문이다.

담도암.

절대 만만한 암이 아니다. 폐암, 췌장암에 이어 생존율이 가장 낮은 암에 속한다. 다른 암에 비해 수술도 쉽게 할 수 없다. 대략 40~50%의 환자만이 수술을 시도할 수 있을 뿐이다. 그나마 담도 아래쪽에 암이 발생하면 행운이다. 황달이 야기되는 바람에 조기 발견이라도 가능한 것.

주목할 만한 건 석재우의 담도암이 간흡충으로부터 기인한 것 같다는 진단 결과였다.

간흡충.

기생충이다.

이 기생충은 민물고기에 많다. 강변에 살면서 민물고기를 날로 자주 섭취하는 사람이 고위험군이 될 수 있다. 암 발생 기전은 간흡충이 담도에 터전을 마련하면서 시작된다. 이놈들이 염증을 일으키면 암의 원인이 된다. 민물고기를 날로 먹는 사람이 많은 까닭에 한국에는 담도암이 많다.

간흡충의 번식은 기하급수적이다. 일단 감염되면 4주 후에 알을 낳는다. 알의 양이 무려 하루 4,000여 개에 달한다. 게다가 20년 이상을 장수한다. 약국의 일반 구충제로는 약발도 받지 않는다. 붕어를 비롯해 모래무지, 피라미, 돌고기, 몰개 등의 대다수 민물고기 속에 들어 있다.

석재우의 경우는 붕어가 원인이었다. 낙동강이 가까운 탓에 싱싱한 붕어가 주변에 많았다. 어릴 때부터 접하다 보니 붕어회도 가리지 않았다. 몸이 허하면 보신용으로도 먹었다. 그 붕어들이 뻐끔뻐끔 간흡충 알을 심어놓았다. 예비 검사의 인생에 제대로 딴죽을 건 것이다.

진맥은 간장의 정보를 중점으로 가져왔다. 담이 간에 속하는 까닭이다. 따라서 담도 간처럼 목($木$)의 성질을 가지고 있다. 그렇다면 이 담도암은 신장의 기혈 부조화가 기원이었을까? 신장이 수($水$)에 속하니 많은 경우의 간질환에 대해 그럴 수 있었다.

하지만 석재우의 경우는 외부에서 들어온 간흡충으로 인한 담도암. 그렇기에 신장과는 큰 관계가 없었다.

'후우.'

진맥을 마치자 한숨부터 나왔다. 담관 때문이다. 간 내 담관부터 간 외 담관까지 많은 가지에 암세포가 달라붙었다. 덕분에 간의 좌엽 말단과 십이지장의 일부에도 전이가 되었다.

가장 큰 문제는 감도였다. 머리카락처럼 매끈하게 뻗어야 할 담관들이 자잘한 암 덩어리로 인해 꽈리처럼 흉하게 변한 것이다.

'어쩐다?'

생각을 정리할 겸 복도로 나왔다. 거기에서 손석구를 보았다. 어찌나 몰입했던지 그와 함께 왔다는 사실조차 깜빡한 윤도였다.

"죄송합니다. 시간이 좀 걸리네요."

윤도가 말했다.

"절대 죄송할 일이 아닙니다. 저는 수술하다가 홍콩 출장 가는 비행기 시간을 잊은 적도 많고 아이 생일날 패밀리레스토랑에 먼저 가 있으라고 하곤 그것도 잊어버린 적이 있거든요."

'허얼.'

"의사는 환자가 우선이죠. 보아하니 어려운 환자인가 본데 도와드릴 건 없나요?"

"담도암 환자입니다. 담도는 물론이고 그 주변까지 암세포가 침윤되었고 간과 십이지장 접촉 부위도 전이 소견이라……."

"고민이군요. 선생님의 신침을 넣는다고 해도 한두 개가 아니고……."

"그렇습니다."

"담도하고는 다르지만 제 경우를 예로 들어볼까요?"

"선생님 경우요?"

"중증외상 환자들 보면 가끔 혈관이 뭉개져서 올 때가 있습니다. 강력한 압박이나 충격으로 인해 다 터져 나가거나 떡이 진 거죠. 동맥부터 정맥, 심지어는 모세혈관들까지……."

"……."

"처음에는 그걸 어떻게 다 살리나 아뜩했는데… 이제는 루틴을 세웠습니다."

'루틴?'

"일단 가장 만만하거나 중요한 혈관 한 놈부터 구하는 거죠. 인체라는 건 신비해서 혈관 하나를 살려놓으면 거기서부터 길이 생깁니다. 한의학적으로 생각하면 기의 통로가 되겠군요."

"······!"

윤도가 고개를 들었다. 손석구와 시선이 마주쳤다.

—고민보다 첫 돌을 놔라.

과연 명언이었다.

"김 샘, 침 좀 준비해 줘요! 바로 시침할 겁니다!"

힌트를 얻은 윤도가 승주에게 소리쳤다.

침.

성수혁의 카메라가 침을 겨누었다. 윤도 앞에 놓인 침은 두 가지였다. 장침과 나노 침. 스타트는 장침이 먼저 끊었다. 갈비뼈 밑의 기문혈이 첫 목표였다. 두 번째는 발의 태충혈을 잡았다. 두 혈자리는 간 기능의 활성화를 위한 조치였다.

다음으로 중완혈의 왼쪽에서 양문혈 자리를 찾았다. 일반적인 경우보다 2촌이나 처진 혈자리이다. 암을 치료하려는 것이니 체크를 했다.

기본 조치를 끝내고 나노 침으로 갈아탔다. 목표는 담도 중에서도 가장 극성을 떨치는 담관 줄기였다. 처음부터 전면전을 선택한 것이다. 나노 침이 안으로 들어갔다. 침 끝이 세포와 세포 사이를 헤치며 들어갔다. 침이 가면 세포와 혈관이 비쳤다.

첫 나노 침은 간 내 담도의 출발 부위에 닿았다. 두 번째 침은 십이지장에 닿는 말단에 닿았다. 시작과 끝 부분을 정리한 윤도, 비로소 치료 침을 넣었다. 약침이었다.

세심하게 들어간 나노 침이 암세포 표면에서 멈췄다.

티큭!

지금까지와는 달리 사나운 느낌이 전해왔다. 가는 담관에 덕지덕지 달라붙은 암세포들. 마치 바다 양식장에서 건져 올린 밧줄에 붙은 홍합과도 같았다. 표면에서 몇 번 간을 보다가 그대로 침을 밀었다.

사삿!

아련한 느낌과 함께 침이 암세포를 관통했다. 침을 꽂은 채 침감을 감지했다.

묵묵부답.

반응은 깊고 아련했다. 무반응이거나 녹이는 데 오랜 시간이 걸린다는 얘기였다. 다른 대안이 필요했다.

'욕구남풍 선개북유야(欲求南風 先開北牖也).'

불오약실방함구결(勿誤藥室方函口訣)에 나오는 한 구절이 떠올랐다. 남풍이 불기를 원하면 먼저 북쪽 창문을 열어야 한다.

간……

목(木)이다.

상생은 신장이다.

신장은 수(水)다.

상극은 심장이다.

심장은 화(火)다.

물은 나무를 키우고, 불은 나무를 태운다.

담은 간에 속한다. 간이 바다라면 담은 작은 강줄기로 비유할 수 있다. 이 병든 강을 어떻게 자극할 수 있을까? 악성 암세포들이 들어차 수로를 막아선 강을.

자극…….

자극이 필요했다. 바다를 흔드는 것이다. 흔들어 수로의 장애물을 밀어내는 것이다.

바다를 흔드는 법에도 두 가지 길이 있다. 하나는 물이다. 물을 더해 출렁이게 한다. 또 하나는 불이다. 바닷속에서 화산이라도 터진다면 그 또한 바다를 흔들 수 있었다. 윤도는 불덩이라는 길을 택했다. 말하자면 이독제독(以毒制毒)이다.

장침이 나왔다. 수소음심경의 극혈에 들어갔다. 불꽃 크기를 키웠다. 심경을 자극해 심장의 기혈을 최대한으로 높인 것이다. 불길이 커졌다. 침 끝을 한없이 조이다가 역으로 감았다.

펑!

심장의 기가 터져 나갔다. 화산이 터진 것이다.

한 번, 두 번.

간이 반응하지 않았다. 이제는 신도혈까지 막았다. 간의 열은 신도혈로 나오는 법. 그 길을 막아 동작 그만을 선언한 것이다.

펑!

다시 화산을 터뜨렸다. 그제야 간의 기혈이 잠에서 깨었다. 사방팔방으로 뛰었다. 그 방향을 담을 향해 조준했다. 마침내 꽂힌 나노 침 끝에 침감이 왔다.

암세포에 두 번째 나노 침이 들어갔다. 약침 성분은 조금 더 강화되었다.

두 개의 나노 침.

적진 난입에 성공한 윤도가 첫 번째 나노 침을 잡았다. 침을 돌려 화침을 만들었다. 암세포는 열에 취약하다는 명제. 그걸 아낄 필요가 없었다. 두 번째 나노 침도 화침을 만들었다. 손끝에 전해오는 막막한 느낌이 조금씩 흩어지기 시작했다. 암세포가 녹는 것이다.

'그렇다면……'

윤도의 시선이 나노 침통으로 옮겨갔다. 선발대로 감을 잡았으니 이제는 거칠 것이 없었다. 무차별 공략에 돌입하는 윤도였다.

자침, 자침이었다.

얼마나 지났을까? 새로운 약침을 넣던 윤도의 손이 멈췄다.

"……!"

침 끝이 시원해졌다. 서둘러 십이지장으로 내려가는 말단의 침을 체크했다.

'빙고.'

윤도는 주먹을 불끈 쥐었다. 막힌 담관에 길이 났다. 가늘고 가늘지만 길은 길이었다. 그것은 곧 윤도의 나노 침이 제대로 먹히고 있다는 반증이기도 했다.

첫걸음.

언제나 그게 중요했다. 성공의 맛을 보면 그 감을 따라가는 건 어렵지 않았다. 윤도의 나노 침들은 꼬리를 물고 출격했다. 그렇게 두 번째 담관에 길을 내고 세 번째 담관의 숨통을 텄다.

기세.

윤도는 그 단어의 참맛을 보았다. 가늘게 뚫린 담관들은 처음에는 별 효과를 보이지 않았다. 하지만 그 가는 관들이 하나, 둘, 셋, 넷으로 이어지니 그 또한 하나의 기세가 되었다. 가랑비에 옷 젖는다고 했던가? 결국 담관의 내경은 차츰 커지기 시작했다. 그 사이로 쓸개즙이 흐르기 시작했다.

윤도는 탄력을 받았다. 수백을 헤아리는 나노 침이 앞으로 나란히를 이루며 담관의 암세포 무리를 적중시켰다. 윤도는 보았다. 석재우의 눈썹. 삐딱하게 기울었던 눈썹이 서서히 바로 서는 걸. 얼굴의 황달이 흐려지고 푸른빛 안면에 혈색이 섞이는 걸.

거기서 나노 침을 멈추고 신장의 기혈에 장침을 넣었다.

나무가 무성해지면 물이 부족하리니.

간은 목(木)이오, 신장은 수(水)이니 그에 따른 당연한 조치였다.

"후우!"

첫 판을 끝낸 윤도의 한숨이다.

"괜찮죠?"

윤도가 처음으로 환자에게 물었다. 여유가 생겼다는 반증이다.

"속도 편하고 배도 안 아프고… 눈도 맑아지는 느낌인데요?"

석재우가 웃었다.

"담에 병이 들면 눈도 어두워지고 침침해지거든요. 그대로 편안히 계세요."

"네."

석재우의 대답을 들으며 복도로 나왔다. 손석구가 기다리는 상담실로 가는 길에 장명화가 보였다. 그녀는 십자가를 들고 기도 중이었다.

"이야!"

약제실을 보여주자 손석구가 입을 벌렸다. 그가 상상하던 한의원이 아니었다. 더구나 얼마 전에 들어온 새 장비까지 세팅된 상태였다.

"이건 뭐… 그냥 첨단 실험실 아닙니까?"

"첨단까지는 아니더라도 약침 제조와 약제 관리에 애로 없는 정도는 됩니다."

"그런 수준이 아닌데요? 우리 병원 검사실도 이 정도는 아닌 거 같은데……."

"실은 지금 치매 치료제를 찾고 있거든요. 장비는 더 보강될 예정입니다."

"치매 치료제요?"

"잘될까 모르겠습니다."

"하긴 아토피와 비염약도 개발했다고 했죠?"

"그건 무데뽀로 덤비다 보니 운이 좋아서……."

"그럴 리가요? 치매약이라니 기대가 큽니다. 나도 요즘 깜빡깜빡하는데 약 나오면 제일 먼저 예약입니다. 치매 걸리면 보통 문제가 아니죠."

"하핫, 접수해 놓겠습니다. 1번 예약자 손석구 선생님. 이거 광고에 써먹어도 될까요?"

"뭐 선생님이라면 허락해 드려야죠."

"말이라도 고맙습니다."

"진짜… 와보길 잘했네요. 여기 보니까 우리 의사들도 공부 많이 해야겠다는 생각이 듭니다. 선생님 만나면서부터 그랬지만 한의사 깔보는 친구들 있으면 내가 그냥 두지 않을 겁니다."

"별말씀을……."

"침은 계속 놔야 하죠?"

"예. 하지만 선생님하고 잠깐씩 얘기할 시간은 됩니다."

"저도 그렇게라도 얘기 좀 나누고 싶은데 호출이네요. 지방에서 교통사고 난 환자가 닥터 헬기로 오고 있답니다. 초중증이라니 가봐야겠어요."

"어, 그러면 죄송해서……."

"아닙니다. 이것도 다 의사의 복 아니겠습니까? 아픈 사람고칠 수 있는 기회. 선생님도 그렇지만요."

"아쉽네요."

"그럼 치료 잘하시고… 다음에 또 뵙겠습니다."

손석구가 차에 올랐다. 아쉽지만 별수 없었다. 의사에게는 언제나 환자가 먼저였다.

저녁 7시.

승주만 남기고 간호사들을 퇴근시켰다. 내일도 정상 진료를 해야 하기 때문이다. 그래도 이번에는 밥은 굶지 않았다. 치료 막간을 이용해 석재우 모자와 함께 식사를 했다. 석재우는 잣죽을 한 그릇 다 비워냈다.

"세상에, 최근 들어 저렇게 먹은 적이 없어요."

장명화가 반색했다.

"밥맛이 좋아요."

석재우가 환하게 웃었다. 이제 그의 얼굴에서 황달과 푸른 기색은 흔적뿐이었다.

두 번의 침을 더하면서 밤이 넘어갔다.

신새벽, 윤도가 마지막 침을 뽑았다. 깊은 밤을 치료로 건너왔지만 석재우의 혈색은 점점 더 좋아져 갔다. 발침을 마치고 진맥을 했다. 간장 사이에서 불뚝거리던 사기(邪氣)는 흔적만 남았다. 결국 담도암의 기세를 잡은 윤도였다.

퇴근 무렵, 윤도는 원장실에서 장명화를 만났다. 석재우에게 네 번째 시침을 마친 후였다.

"이제 침은 당분간 그만 맞아도 될 것 같습니다."

윤도가 말했다.

"다 나은 건가요?"

"완치까지는 아니지만 암의 기세는 잡았습니다. 탕제로 다스리면서 한 달 후에 한두 번 더 맞으면 될 것 같습니다."

"고맙습니다, 선생님."

장명화가 활짝 웃었다. 가히 백만 불짜리 미소였다.

"치료비 정산해야죠?"

장명화가 가방을 열었다.

"치료비는 접수대에서……."

"거기서 알아봤는데 너무 턱도 없어서요."

"너무 많아요?"

"아뇨. 제 말은 우리 아들 목숨 살린 값으로는 턱도 없다는 뜻이에요."

장명화가 손사래를 쳤다.

"그럼 얼마를 내시려고요?"

윤도가 웃으며 물었다.

"첫날 말씀드렸잖아요. 아들 살려주시면 돈은 따지지 않겠다고……."

"그렇게 무리하지 않으셔도 됩니다."

"아버지가 꿈에서 그러시네요. 처음 마음먹은 대로 치르지 않으면 재우가 다시 발병할 거라고. 그러니 제발 제 사정 좀 봐주세요."

"장 여사님……."

"당장 통장에 있는 잔액은 2억뿐이더라고요. 매물로 내놓은 땅이 팔리면 문제없는데, 토지등기권리증을 맡아가지고 계실래요?"

"안 됩니다. 제가 무슨 고리대금업자도 아니고……."

윤도가 손사래를 쳤다.

"이거 나쁜 땅 아니에요. 원래는 특목고 지으려고 학교 부지로 확보한 땅인데 지금은 특목고 분위기가 아니라서 내놓은 거거든요."

"학교 부지라고요?"

그 단어에 윤도가 반응했다.

"진짜 괜찮은 땅인데……."

"어딘… 데요?"

"하남시요. 하남이라고 해도 강동구하고 거의 닿았어요. 중개업자 말로는 입질이 많아서 가격 절충 중이라고……."

한 시간 후, 윤도는 하남시에 있었다. 야트막한 언덕이었다. 그 너머로 한강이 보였다. 장명화의 말을 듣기 무섭게 달려온 윤도였다.

휘잉!

언덕 위의 바람은 차가웠다. 베이징에 독감이 유행이라더니 그 바람이 오는가 싶었다.

'헤이싼시호……'

한강에 중국의 호수가 겹쳐왔다. 색깔이야 한강이 청명하지만 분위기가 그랬다. 그 때문인지 부지가 마음을 끌었다.

윤도가 이 땅을 품었다. 지불한 비용은 10억이었다. 시가는 그 액수를 가볍게 뛰어넘지만 장명화가 애당초 매입한 원금이었다. 윤도가 매입 의사를 밝히자 그녀는 원금만을 원했다. 양도차익은 치료비로 하자고 했다. 그 조건을 받아들이지 않으면 팔지 않겠다고 나왔다. 윤도를 위한 장명화의 배려. 윤도가 그 마음을 받았다.

"선생님."

토지에 대한 정리가 끝나자 석재우가 입을 열었다. 그의 어깨 뒤로 푸른 한강이 넘실거렸다.

"말씀하세요."

"덕분에 검사 임용될 거 같습니다."

"석재우 씨의 긍정적인 마인드 덕분이지요. 아울러 어머니도……."

"여기다 한의대학을 세우고 싶으시다고요?"

"아직은 꿈에 불과합니다."

"다 좋은데 혹시 학생들이 붕어나 모래무지 같은 건 못 잡게 하세요. 저처럼 생식하다 담도암 걸리면 곤란하니까요."

"석 검사, 무슨 걱정이야? 채 선생님이 그 학생들에게 담도암 치료 침술까지 다 알려주실 텐데."

장명화가 끼어들었다.

"어, 진짜 그러네요? 저는 제가 하도 놀라서……."

석재우가 뒷목을 긁었다.

"이제 곧 검사님이 되신다니 담 이야기 하나 해드릴까요?"

"담 이야기요?"

"지금 우리가 대담하게 담도암을 걷어찼잖습니까?"

"……?"

"우리가 흔히 과감한 사람을 일러 대담(大膽)하다고 하고,

겁 모르는 사람을 담력(膽力)이 세다고 하잖아요? 그때 말하는 담(膽)이 바로 쓸개로 불리는 담입니다."

"아, 들은 거 같습니다."

윤도가 부연하자 석재우가 화답했다.

"용감하고 배짱 좋은 사람을 담이 크다고 하는데 실제 제갈공명의 부하로 나오는 강유 같은 사람이 그렇답니다. 그의 사후에 쓸개를 보니 쓸개의 크기가 무려 한 말(斗)이나 되었다고 하더군요. 말 그대로 대담한 사람이죠?"

"그렇군요."

"담, 즉 쓸개는 우리 몸에서 저울추의 역할로 균형을 잡아주지요. 검사님이 되시면 강유보다 대담한 마음으로 의로운 길을 가주시기 바랍니다. 다시 태어난 담이니 그럴 수 있겠죠?"

"명언이군요. 다른 건 몰라도 날마다 담을 웨이트(?)시켜서 국대급 담으로 만들겠습니다. 그런 다음 대담한 검사가 되어 사회정의를 구현해 보겠습니다."

석재우가 웃었다. 다짐 때문인지 미소도 매우 대담해 보였다.

2. 치명적 약물 알레르기
아나필락시스

짝짝짝!

박수가 나왔다. 대통령 자문의 위촉장에 보내는 축하였다. 위촉장은 원장실에 걸었다. 한쪽 벽에 걸린 스펙 액자들……

병원이나 한의원에서 흔히 보는 연출이다. 언뜻 보면 굉장한 것 같지만 뜯어보면 별것 아닌 경우도 많다. 그런 것일수록 영어 표기가 많다. 윤도가 몇 달 부원장으로 있던 반월한의원도 그랬다. 한의학은 중국의 학회나 세미나가 많으니 거길 다녀온 증표를 주르륵 내건 것이다. 절반 가까이는 영양가 없는 '참가증'이었다.

윤도는 그러지 않았다. 의술은 스펙이 아니라 실력으로 평가받아야 했다. 그렇기에 자문의 위촉장도 평범하게 걸었다. 직원들은 반대했지만 뜻을 굽히지 않았다. 사실 윤도에게 대통령 자문의 위촉장이 있고 없고는 중요하지 않았다.

오후에는 아버지 지인들과 관련된 환자들을 받았다. 모두 치매 환자였다. 아버지의 부탁이기도 했고 윤도가 추진하는 신약 개발과 맞물리기도 했으니 나쁘지 않았다.

네 명의 환자 중에 둘은 거의 제정신으로 돌아갔고 둘은 한 번 더 시침을 예약하고 보냈다. 네 명 다 현저한 차도를 보인 건 물론이다.

"잘되어가고 있어요?"

잠시 짬을 내어 약제실에 들렀다. 한 청년이 약제를 볶는 기계 안에 뭔가를 설치하고 있었다. 이 장치는 진경태의 작품이다. 그가 흑마늘을 숙성시키는 기계에 착안해 맞춤 주문한 기계였다.

"장비가 고장 났나요?"

윤도가 물었다.

"아닙니다. 몰카 좀 장치하느라고요."

진경태가 대답했다.

"몰카요?"

"약이 볶아지는 과정을 찍으려고요. 마침 종일이 친구가 몰카 전문가라기에······."

"······?"

"어이쿠, 우리 원장님, 몰카라니까 놀라시네. 그게 뭐 여자들 치마 속 찍는 몰카가 아니고 방범용이나 연구용 초소형 카메라랍니다. 이번에 샘플이 나왔는데 성능 실험도 할 겸 하나 달아주겠다네요."

"안녕하세요?"

진경태의 말에 청년이 인사를 해왔다. 안면이 있는 사람이다. 허리에 디스크가 있어서 장침을 찔러준 적이 있는 윤도였다.

"필요하면 말씀을 하시지······."

"딱히 필요하다기보다 볶아지는 과정을 실시간으로 관찰하면 더 좋은 성분을 얻을 수 있을까 해서요. 효과가 있으면 하나 사겠다고 했으니까 그때 원장님께 비용을 청구하겠습니다."

"치매 약제는요?"

"조금 전의 케이스를 포함해서 계속 진화하고 있습니다. 원장님이 SS병원과 JJ병원 등지에서 가져오는 데이터 덕분에 진도가 빠릅니다."

"다행이네요."

"오늘도 SS병원 가셔야 하죠?"

"어? 그러고 보니 그러네요."

"아이고, 우리 원장님, 내가 빨리 원심 분리술에 마법을 접목시켜서 두 명으로 만들어 드려야 할 텐데……."

"뭐 기왕 하는 김에 한 네 명으로 만들면 어떨까요?"

청년을 보조하던 종일이 끼어들었다.

"아니야. 그랬다가 네 분이 마구 처방 내면 우리 녹아난다. 그냥 현실에 만족하자."

진경태가 손을 저었다.

"아저씨."

"예?"

"이번에 독일로 가게 되면 저랑 같이 가세요. 그쪽 실험실 견학도 할 겸……."

"어이쿠, 그러면 영광이죠."

"여권 준비, 아셨죠?"

"예!"

진경태가 또렷하게 답했다.

여자 환자 몸의 침을 뽑고 마무리를 할 즈음 인터폰이 울렸다.

―원장님, 전화예요.

연재의 목소리가 흘러나왔다.

"여보세요."

—아, 채윤도 선생님?

수화기 속의 낯선 목소리가 뒷말을 이어갔다.

—저 SS병원 알레르기 내과과장 변치웅입니다.

"예, 말씀하세요."

—오늘 저희 병원에 치매 환자 협진 오시죠?

"그렇습니다만……."

—아, 이거 저도 좀 황당한 케이스인데… 아무래도 느낌이 좋지 않아서요. 좀 도와주실 수 있을까요?

SS병원의 알레르기 내과과장. 그는 이번 협진과 직접 관계가 없는 사람이다. 그런 사람이 뭘 도와달라는 걸까?

저녁 무렵, 윤도의 차가 SS병원 주차장에 멈췄다. 윤도를 마중 나온 사람은 신경정신과 레지던트였다. 과장은 퇴근한 모양이다. 부원장 이철중과 강기문도 퇴근했다기에 알레르기 내과과장을 먼저 만났다.

"여깁니다."

인턴이 병실을 열어주었다. 과장은 그 안에 있었다. 20대 중반의 남자 환자 앞이었다.

"과장님, 채윤도 선생님 오셨습니다."

인턴이 과장에게 보고했다.

"혹시 한의대에서도 아나필락시스(Anaphylaxis)에 대해 배우십니까?"

복도로 나온 과장이 윤도에게 물었다.

"알레르기 말이군요?"

"그렇습니다."

"당연히 배우고 있습니다만……."

"방금 환자가 아낙필라시스 쇼크를 일으킨 사람입니다."

"……!"

"혈압이 50mmHg에서 30mmHg까지 떨어져서 위험한 상황이었는데 겨우 조치를 했고… 굉장히 위험한 상황이 예측되어서 모시게 되었습니다."

'위험한 상황?'

윤도가 고개를 들었다.

"이 환자가 공교롭게도 피부 검사와 알레르기 검사 자체는 큰 문제가 없는 것으로 나오는 특이체질인데 현증은 약물 알레르기가 확실하다는 거죠. 환자의 경험과 증세에 의하면 소염진통제 알레르기 같은데 아나필락시스 쇼크 중에서도 알레르기 반응이 신경뿐만 아니라 혈관 쪽에서도 강하게 나타나고 있습니다."

"말초인가요, 후두부인가요?"

"후두부입니다."

"……!"

과장의 말에 윤도의 등골에 식은땀이 흘렀다. 아나필락시스 중에서 가장 큰 문제가 되는 기전이었다. 예를 들어 신경 쪽이라면 자극에 의해 가려움이나 경련 등을 유발하지만 혈관이라면 문제가 달랐다. 만약 인두 부분에 점막부종이라도 생기면 기도가 막히게 된다. 기도가 막히면 숨을 쉴 수 없다. 누구라도 결론을 유추할 수 있는 무서운 일이다.

　"점막부종이 얼마나 진행되었습니까?"

　"그대로 두면 기도 폐색이 우려되고 있습니다. 전신 기능 부전까지 이를 수 있지요."

　"수술은요?"

　"그게… 환자가 완강히 거부하고 있습니다. 그래서……."

　"거부하는 이유가 있나요?"

　"어차피 불치라는 거죠. 이 환자가 어릴 때부터 피부 묘기증을 달고 산 모양이더군요. 그러다 몇 년 전부터 전신으로 번지는 일이 있었는데 혈액 검사를 받았더니 알레르기 이상은 나오지 않았답니다. 아까 말했지만 특이체질이라서요. 그러다 보니 이따금 일어나는 두드러기 정도로 치부하며 그냥 살았는데 이번에 약물 알레르기라는 확진을 받게 되자 그 충격으로 비관에 빠진 모양입니다."

　"보호자는 없습니까?"

　"없습니다. 어머니가 계셨는데 몇 해 전에 유방암으로 돌아가셨다고 하는군요."

"……."

난감.

병원이 처한 상황이었다. 어쩌면 생명을 위협받을 수도 있는 상황. 그러나 환자는 수술 거부. 거기에 약물 알레르기가 있는 사람이니 투약도 조심스러운 판이었다. 알레르기 내과 스태프 비상 회의가 열렸다. 거기에서 윤도의 이름이 나왔다. 이철중과의 협진 이후로 SS병원 닥터라면 다들 알고 있는 채 윤도. 한번 부탁하자는 제의였다.

"어떻습니까? 한번 보시겠습니까?"

과장이 물었다.

"그러죠."

윤도가 요청을 받았다.

"안녕하세요?"

병실에 들어선 윤도가 환자에게 인사를 건넸다. 환자의 이름은 최윤태, 나이는 27세였다. 대꾸하지 않는 환자의 몸에는 홍반과 발진 두드러기가 요란했다. 게다가 거의 전신형.

두드러기에도 종류가 많다.

1) 콜린성 두드러기.

2) 한랭 두드러기.

3) 임산부 두드러기.

4) 피부 묘기증.

5) 맥관부종.

…등 각각의 특징이 있지만 반가울 리 없는 질환이다. 두드러기도 피부질환이니 한방에서는 폐와 대장의 문제로 본다. 그러나 일부 증상은 발병 후 오래지 않아 사라지기에 치료하지 않는 사람이 많았다. 하지만 발병 초기에 잡지 않으면 만성이 될 수 있다. 여기서 심해지면 아나필락시스까지 초래할 수 있었다.

"수술 필요 없어요. 그냥 살다 죽게 놔두세요."

환자의 반응은 자포자기 수준이었다.

"수술은 안 해요. 침만 몇 대 맞으면 되는데?"

윤도가 환자의 시선 앞에 장침을 보여주었다. 그제야 환자가 고개를 돌렸다.

채윤도.

윤도의 가운에 달린 의사 신분증이 보였다.

"어, 선생님이 채윤도?"

환자가 알은체를 했다. 하지만 목소리는 위태로웠다. 인두의 점막부종이 심해지고 있다는 반증이다.

"저 알아요?"

"잠깐만요."

환자가 뒤척이자 윤도가 핸드폰을 디밀었다. 채윤도라는 검색어를 넣은 결과였다.

"진짜 채윤도네?"

환자의 눈이 휘둥그레졌다.

"선생님이 여기 의사예요?"

청년이 물었다.

"가끔 협진을 해요. 오늘 오는 길에 최윤태 씨 얘기를 듣고 왔지요."

"선생님 장침이 진짜 편작, 화타급 명침이에요? 사실 선생님 소문 듣고 찾아가 볼까 생각은 했는데……."

"그런데 왜 안 왔나요?"

"몇 번 전화를 했는데 계속 통화 중이어서……."

"예약하려 했군요?"

"예……."

"그 예약, 여기서 접수해 드리죠."

"……?"

"약물 알레르기… 쉬운 병은 아니지만 나을 수 있어요. 손 좀 줘볼래요?"

윤도가 청하자 청년이 손을 내주었다. 그 자리에서 진맥에 돌입했다.

'폐, 대장, 신장······.'

오장 중에서 이상 신호를 보낸 건 세 장부였다. 인후두의 점막부종도 확인되었다. 꽤 많이 진행된 상태였다. 혈자리 쪽에서는 다양한 신호가 건너왔다.

'합곡, 곡지, 족삼리, 혈해, 대추, 견우, 인영, 내정, 삼음교, 태충, 행간······.'

그중에서도 사기가 많이 깃든 혈은 인영과 곡지, 견우, 그리고 내정혈이었다.

"침 몇 방이면 되겠어요."

진단을 내린 윤도가 말했다.

"정말요? 완전히 낫는 건가요?"

"일단 급한 불은 끄고··· 완치는 탕제를 좀 먹어야 해요. 그건 내가 여기 과장님과 상의해서 조절해 볼게요."

"그 탕제, 굉장히 비싸죠?"

"돈 없으면 할부로 해드릴게요. 천천히 갚아도 돼요."

"우와!"

환자가 반색했다. 조금 전까지 의료진을 배척하던 것과는 딴판이다.

"대신 한 가지 물어볼 게 있어요."

"뭔데요?"

"아까 여기 의료진에게 죽고 싶다고 했다면서요? 그 이유가 약물 알레르기 때문인가요?"

"……."

윤도의 질문에 환자가 입을 닫았다. 다른 이유가 있는 모양이다.

"그걸 말해줘야 합니다. 알레르기는 결국 면역력의 문제입니다. 그런데 죽고 싶은 마음이 자꾸 들면 면역력이 높아질 리 없으니 제 치료가 무위로 돌아갈 수 있으니까요."

"아뇨. 진짜 낫기만 하면 안 죽어요. 실은 제가 좋아하는 여자 친구가 있는데 지난번에 제가 소염진통제 먹고 쓰러지는 걸 봤거든요. 그 후로 자꾸 피하다가 오늘 만났는데, 진통제 하나 못 먹고 엄살 작렬하는 남자하고 어떻게 사귀겠냐고 해서 그 앞에서 진통제를 몇 알 먹었거든요. 그런데 제 몸뚱이에 이런 꽃이 피자 여자 친구가 기겁하고 가버렸어요. 저는 다른 때보다 심해지면서 119에 실려 왔고… 완전히 쫑난 거죠, 뭐."

"바로 쓰러졌어요?"

"아뇨. 알레르기가 시작되면 먼저 신호가 와요."

"어떻게요?"

"갑자기 머릿속이 더워지면서 간지러워요. 그러면 발진이 머리를 시작으로 하체로 퍼져요. 저혈압도 같이 오고요."

청년의 증세 설명은 그쯤으로 끝냈다. 증세는 사람마다 다를 수 있기 때문이었다.

"그럼 시작하겠습니다."

윤도가 장침을 뽑았다. 먼저 사관을 열었다. 거기에 족삼리혈을 보태 면역 증강의 통로를 만들었다. 그런 다음 이상 반응이 격렬한 혈자리 네 곳에 장침을 넣었다. 인영혈과 곡지혈, 견우혈, 그리고 내정혈이다. 마지막 장침의 침 끝 조절이 끝나자 환자의 피부 온도가 내려가기 시작했다.

"허어!"

언제 왔는지 알레르기 내과과장의 목소리가 들렸다. 돌아보니 스태프들과 함께였다. 환자의 약물 알레르기 약진은 이내 시든 풀처럼 세력이 시들기 시작했다. 그것들은 처음에 핀것과 역순으로 기세가 무너졌다. 다리에서 머리 쪽 방향이다.

"우와!"

팔을 확인한 환자가 탄성을 질렀다. 목소리 또한 한결 나아졌다. 인두의 부종도 함께 차도를 보인 것이다.

윤도가 타이머를 세팅했다. 기혈이 온몸을 돌며 조화를 이룰 시간이 필요했다.

20분.

타이머가 울리면 발침을 하고 폐와 대장, 신장의 기혈을 보강할 생각이다. 간호사 데스크로 간 윤도는 과장과 함께 향후 치료 방향에 대해 논의했다. 그때 병실 간호사가 뛰어나오며 소리쳤다.

"채 선생님, 최윤태 환자가 이상해요!"

간호사의 목소리가 떨리고 있다.

세팅한 타이머가 겨우 절반을 넘은 시간이다.

'윽!'

안으로 들어선 윤도의 얼굴이 창백하게 변했다. 환자의 몸이 변해 있었다. 침발로 인해 회복세로 돌아서던 최윤태. 잡은 줄 알았던 아나필락시스가 재강림한 것이다.

"최윤태 씨!"

윤도의 목소리가 높아졌다.

"으으……"

"어떻게 된 겁니까?"

"그게… 으으……"

신음하던 환자가 쓰레기통을 가리켰다. 쓰레기통 안에 약 껍질이 보였다. 몇 알의 소염진통제였다.

"이걸 먹었어요?"

"으으… 예."

대답하는 환자의 목소리가 막혔다. 목구멍을 보니 인두의 부종이 엄청나게 부어오르고 있었다.

"미쳤어요? 이걸 왜?"

"다 나았는지 궁금해서요."

"……!"

"전에 두드러기도 한동안 괜찮아서 다 나았나 싶으면 다시 재발을… 그래서……"

"이 약은 어디에서 났어요?"

"제 옷 주머니에… 낮에 여자 친구 앞에서 먹고 남은 거……"

"됐어요. 인두에 무리가 가니까 말하지 마세요."

윤도는 미친 듯이 발침을 했다.

환자의 심리.

이해는 했다. 천형 같은 약물 알레르기를 가진 사람. 이따금 발현되는 증상 때문에 삶의 질이 형편없었다. 그래서 죽을 생각까지 했다. 그런 차에 만난 명침 채윤도. 그의 침으로 낫는 것 같았다. 그 한의사가 가기 전에 확인하고 싶었다. 다 나은 걸까? 그렇다면 이제 소염진통제를 먹어도 괜찮아야겠지? 그래야만 다 나은 거잖아?

소염진통제는 그렇게 목을 넘어갔다. 그러나 치료는 완료가 아니라 진행 상태. 침이 기혈 조화를 맞추는 상태에서 알레르기 유발 물질이 들어오자 균형이 깨져 버렸다. 윤도가 애써 맞춘 장침과 질병의 균형이 진통제의 난입으로 뒤틀린 것이다.

그 파급은 엄청났다. 환자의 발진 두드러기는 콜린성에 가까웠다. 아까에 비해 더 크고 사나우며 볼륨감도 강했다.

"괜찮습니까?"

알레르기 과장이 물었다.

"아직은 모르겠습니다."

"상황이 굉장히 위험한 것 같습니다만… 인두 부종이…….'"

"그렇군요."

"무리가 될 것 같으면 환자의 동의만 구해주세요. 저희가 맡겠습니다."

과장의 말을 들은 윤도가 환자를 바라보았다.

환자 최윤태.

갑작스레 악화를 초래한 그의 눈은 회한으로 가득 차 있었다. 희망이 피어나던 그 눈이 아니라 처음 본 눈이었다.

"최윤태 씨."

윤도가 환자를 호명했다.

"예."

"잘했어요."

"예?"

"당신이 한 행동 말입니다. 환자는 그런 본능이 있어요. 내 병이 완벽하게 나았는지 확인하고 싶은…….'"

"선생님……."

"내가 조금 힘들어지기는 하겠지만 다시 잡으면 돼요. 당신 말처럼 진짜 나은 거라면 소염진통제를 먹어도 문제가 없어야 겠죠. 당신이 조금 성급하기는 했지만요."

"죄송합니다."

"한번 믿었으니 나 또 믿을 수 있지요?"

"예……."

"이번엔 침이 좀 많이 들어갈지도 몰라요."

"괜찮아요. 선생님이라면……."

"대신 다른 약속도 하세요. 만약 내가 실패하면 여기 과장 님 말씀에 따르세요. 목숨이 위험해질 수도 있으니까."

"알았어요."

환자가 고개를 끄덕였다. 윤도가 과장을 돌아보았다. 레지 던트와 인턴을 거느린 그가 알았다는 신호를 보내왔다. 만약 의 사태에 대한 수술 준비를 하겠다는 사인이었다.

윤도가 다시 맥을 잡았다. 맥은 손가락을 밀어낼 듯 사나웠 다. 사기의 본진은 폐경이었다. 피부를 주관하는 수태음폐경. 두드러기의 기세가 폐경을 장악한 것이다. 수태음폐경은 폐 및 대장, 횡격막, 위, 신장 등과 관계가 있으니 곧 폐의 기혈이 붕괴됨을 뜻했다.

재공사.

인체를 공사 따위에 비할 수는 없지만 재공사는 어렵다. 첫 공사의 잔해 때문이다. 그 잔해를 말끔이 걷어내는 게 공사만큼이나 어렵다. 더구나 윤도에게는 주저할 시간조차 없었다.

장침을 뽑았다. 첫 침을 중부혈에 넣었다. 이 침은 삼향자침이다. 천지인의 세 방향으로 침을 꽂은 것. 그것은 곧 침감이 상초, 중초, 하초로 고루 진격하라는 포석이다.

윤도의 손이 미친 듯이 움직이기 시작했다. 순행 경로를 따라 운문혈을 찍고 천부와 협백, 척택, 공최, 열결을 지나 경거, 태연, 어제로 내려왔다. 방점은 소상혈이었다. 엄지손톱의 소상혈에 침을 넣는 데까지 걸린 시간은 채 5분도 되지 않았다. 그야말로 빛의 속도였다.

윤도의 손이 지나면 그 자리에 장침이 우뚝 섰다. 수태음폐경은 이제 장침 라인으로 연결되어 있었다. 소상혈 자리에서 라인을 바라보았다.

폐……

오장은 따로 놀지 않는다.

간장은 심장을 돕고, 심장은 비장을 돕고, 비장은 폐장을 돕고, 폐장은 신장을 돕는다.

심장은 폐를 억제하고, 비장은 신장을 억제하며, 간장은 비장을 억제한다.

네트워크다.

오장육부처럼 경혈도 네트워크를 이룬다.

머릿속에 팽글거리는 원리를 따라 비장혈을 따라갔다. 이제 시침의 목표는 다리의 족태음비경이었다. 비경으로 하여금 폐의 원기를 채워야 했다. 그래야만 돌발적인 응급 상황을 잡을 수 있었다.

대원칙.

그것은 급할수록 돌아가라였다. 윤도는 그 원칙을 따라 행군을 시작했다. 그러나 역시 응급 상황이므로 비경의 모든 혈을 잡지는 않았다. 선택은 주요 혈이었다. 태백혈, 공손혈, 지기혈, 장문혈, 비수혈이면 충분했다.

태백혈에서 기혈의 지원을 시작했다. 환자의 상태는 조금 전보다 더 나빠졌다. 이제는 말도 하지 못했다. 인두의 부종이 소리를 막는 것이다.

"채 선생님."

과장이 주의를 환기시켰다. 최악의 응급이라는 뜻이다.

윤도는 차분하게 침을 감았다. 손석구의 수술을 떠올렸다. 수십 군데 깨지고 부러진 상처도 흔들림 없이 수습해 내던 그 초연함. 그렇기에 윤도의 침감 조절도 초연했다. 제아무리 응급이라도 한의사는 냉정해야 했다.

마침내 침 끝에 기혈이 올라왔다. 그 기세를 모으고 모았다. 윤도의 목표는 자명했다. 탱탱하게 차오른 비장의 기혈을 폐장으로 보내려는 것.

'가라!'

기세가 쓸 만하자 침 끝을 반대로 감았다. 이제는 방출이었다. 기의 대방출.

족태음비경의 라인에 불이 켜졌다. 윤도의 눈에는 보였다. 비장으로 통하는 기의 라인. 그 라인을 따라 윤도의 신침 파워가 작렬하기 시작했다.

"으……."

환자는 결국 짧은 신음을 내며 늘어졌다.

"채 선생님."

이제는 레지던트까지 나서서 상황을 주지시켰다. 그러나 윤도는 듣지 못했다. 몰입. 완전한 몰입이었다. 윤도는 이미 환자와 하나가 된 지 오래였다.

최후 시침을 시작했다. 아까와 같은 네 혈자리였다. 아까와는 달리 한 혈자리에 세 개의 침이 한 쌍으로 들어갔다. 그 또한 천지인의 조화를 부르는 자침이었다. 숨 가쁘 달리던 침은 곡지혈에서 끝났다. 윤도는 손을 떼지 않았다. 이번에는 곡지가 전체 조화를 이룰 스위치였다.

"과장님, 더는 안 됩니다! 위험합니다!"

결국 레지던트가 소리를 질렀다.

"……."

과장 역시 당혹스러웠다. 그러나 상대는 채윤도였다. 부원장이 보증하는 한의사였다.

"과장님, 빨리 응급처치에 들어가야 합니다!"

한 번 더 강조되는 순간, 윤도의 입에서 냉혹한 한마디가 나왔다.

"소리치면 환자 심리에 해롭습니다."

"……?"

"쉬잇!"

윤도의 손가락이 입술로 올라갔다. 조용히 하라는 얘기였다. 단순한 동작이지만 압도적인 힘이 엿보였다. 레지던트는 입을 닫을 수밖에 없었다.

윤도의 시선은 다시 환자에게로 돌아갔다.

사기(邪氣).

환자의 몸은 최악이었다. 온몸에 홍반 수포가 핀 것 같았다. 그러나 거기가 알레르기 기승의 끝이었다. 마침내 폐장에 생기가 돌아온 것이다. 바닥을 드러낸 기혈이 차오르기 시작한 것이다.

"으으……."

환자의 신음이 약간 길어졌다. 그걸 신호로 온몸의 두드러기가 무너지기 시작했다. 그것은 강물이 빠지는 것과 닮아 보였다.

"과장님……."

레지던트의 입에서도 신음이 흘러나왔다. 이번 신음은 경탄 쪽이었다.

믿기지 않게도 눈에 보였다. 알레르기 홍반과 발진의 붕괴. 그것은 마치 초고속 영상을 보듯 후련하게 무너져 갔다.

"선생님, 하아……."

환자의 목소리도 이제는 열렸다. 그럼에도 윤도의 자세는 변함이 없었다. 그의 시선은 침의 끝이었고 그의 감각도 침 끝에 올인했다. 침이 아니라 손의 일부가 된 장침. 윤도는 그 가느다란 장침을 잡고 처절한 보사를 계속할 뿐이었다.

'이 사람…….'

과장은 등골을 훑고 가는 서늘함을 느꼈다.

장침의 명의.

솔직히 현대 의학 전문의로서, 그것도 대한민국 최고 병원의 진료과장으로서 달가운 일은 아니었다. 그러나 현장을 지켜보니 인정할 수밖에 없었다. 침술뿐만 아니라 환자를 대하는 태도까지 그랬다.

'그렇군.'

과장은 몇 번이고 고개를 끄덕거렸다. 완전한 인정이었다.

"죄송합니다."

다시 회복된 환자가 거듭 사과를 해왔다.

"괜찮아요. 남자가 그 정도 호기심은 있어야죠."

"선생님……."

"솔직히 또 확인하고 싶지요?"

"……."

"확인하세요."

"예?"

"대신 며칠 있다가요. 몸이 새 조건에 안정될 시간은 줘야죠. 그 정도는 할 수 있죠?"

"그럼요. 며칠 아니라 몇 달이라도 괜찮아요. 약물 알레르기에서 벗어날 수만 있다면."

"그럼 잘 안정하고 퇴원하세요."

윤도가 돌아섰다. 생각보다 많이 지체한 시간. 치매 환자들이 기다리고 있었다.

꾸벅!

과장과 레지던트들이 엘리베이터 앞에 도열해 목 인사를 해왔다. 윤도 역시 같은 자세로 인사를 받았다.

땡!

소리와 함께 문이 닫혔다.

땡!

소리와 함께 올라가던 엘리베이터가 멈추고 문이 열렸다. 호텔 로비처럼 단장한 휴게실이 나왔다. 윤도는 소망했다. 저

엘리베이터 문처럼 최윤태의 약물 알레르기 질환의 문이 굳게
닫히고 새 세상의 문이 열리면 좋겠다고.

"왔어?"

치매 병실로 들어가자 할머니가 윤도를 반겼다. 아는 얼굴
이라 반기는 건 아니었다. 할머니의 치매가 윤도를 아는 척하
는 것이다. 이 할머니는 예쁜 치매에 속했다.

"군대가 적성에 맞어?"

할머니는 윤도의 손을 놓지 않았다.

"안 맞는다고 해주세요."

옆에 있던 보호자가 말했다. 설명도 이어졌다.

"손자가 군대에 갔어요."

가혹 행위 때문에 사회적 문제가 되는 뉴스가 나오는 통에
가족들이 입을 맞춘 거라고 했다. 즉 가혹 행위를 받고 있는
데 차마 말할 분위기가 못 되면 군대가 적성에 너무 잘 맞는
다고 하라고 짠 것이다.

"적성에 안 맞아요."

"그래?"

윤도가 말하자 할머니가 손뼉을 쳤다. 시침을 시작했다. 백
회와 사신총, 태계혈에 장침을 넣었다. 시선이 편안해지는 걸
확인하고 약침을 넣었다. 할머니는 알츠하이머성 치매. 고단
하던 시선에서 피로가 빠지는 게 보였다.

치매는 참 곤란한 녀석이다. 예방책이라는 게 있지만 알고 보면 무용지물이기에 더욱 그렇다.

―머리를 안 쓰면 치매에 걸릴 확률이 높아진다.

그러니까 치매에 걸릴 확률을 낮추려면 두뇌를 써야 한다. 그런데…….

―머리를 너무 써도 치매에 걸릴 확률이 높아진다.

이 말을 들으면 한숨이 나온다. 어쩌라는 건가? 결론은 하나다. 인간의 몸은 기혈의 조화다. 그 조화와 평형이 깨지면 반드시 질병이 따라온다. 결론은 적당히, 더하지도 덜하지도 않고 알맞게, 군대로 치면 중간만 가라였다.

시침을 마친 윤도는 치료 과정을 메모했다. 혈자리의 반응 특성을 문자로 정리하는 것이다. 허준의 흉내를 내는 건 아니었다. 좋은 치료 사례는 침술에 처음 입문하는 후배들에게 길잡이가 될 수 있었다. 나아가 치매 치료약의 포인트를 찾는 데 데이터가 되었다.

메모를 마치고 돌아설 때였다. 정신이 맑아진 할머니가 말을 걸어왔다.

"의사 양반, 군대 갔다 왔어?"

"……."

잠시 대답을 못 했다. 군대를 갔지만 할머니가 아는 '군대'는 아니었다.

"예."

대답이 나왔다.

"군대에서는 너무 뛰면 밟힌다지? 적당히가 좋은데… 우리 손주 녀석도 중간만 가야 할 텐데 말이야……."

할머니의 끝말이 윤도의 마음을 찔러왔다.

혼미한 의식 속에서 윤도의 마음을 읽기라도 한 걸까? 윤도는 한동안 할머니에게서 눈을 떼지 못했다.

중간만 가라.

군대가 아니라 일상의 건강관리에 필요한 진리였다. 음주도, 음식도 더하지도 덜하지도 않은 중간이 좋다.

침을 통해 이심전심이 된 걸까? 치매 할머니 치료를 통해 한 수 배우는 윤도였다.

다음 환자는 중국 동포였다. 그러고 보니 병원에도 중국 동포 환자들이 종종 눈에 보였다. 세계가 중국과 호흡하지 않을 수 없는 것처럼 그들은 이미 우리 삶의 한 부분이 되고 있었다.

그리고 며칠 후.

윤도에게도 상상 불허의 사건이 닥쳐왔다. 그 또한 중국발(中國發)이었다.

3. 최고의 갑부, 최악의 HIV

　한 주 동안 윤도는 눈코 뜰 새 없이 분주했다. 예약은 아무
리 가리고 가려도 딱한 사람들 때문에 줄어들지 않았다. 게다
가 소개로 오는 사람은 자꾸 늘었다. 가장 큰 애로는 탕제였
다. 규격화된 약재의 약성으로는 성이 차지 않았다. 하지만 약
성의 정기(精氣)가 우수한 심심산골이나 섬의 약재는 공급에
한도가 있었다.

　그나마 진경태의 활약 덕분으로 버텼다. 약초꾼 생활을 하
면서 쌓아둔 인맥을 백분 활용한 그였다. 게다가 그는 주말이
면 매번 산으로 떠났다. 새벽같이 떠났다가 해가 지면 산에서

내려왔다. 윤도를 위한 산행이었다. 새로 온 종일을 위한 교육이기도 했다.

산 사나이 진경태.

길몽을 꾸었다는 주말에 대물들을 구해왔다. 면역력 성분이 탁월한 상황버섯, 운지버섯, 잎새버섯 등을 득템한 것이다. 윤도가 장침을 위해 태어났다면 그는 약초를 위해 태어난 사람이 분명했다.

그렇게 확보된 약재의 성분은 기가 막혔지만 그 또한 그냥 사용할 수는 없었다. 약재마다 외부 공인 기관에 샘플을 보내 안정성 검사를 받았다. 약제실에도 장비가 있지만 그건 국가 공인이 아니었다. 시간과 돈의 낭비가 아닐 수 없지만 인체를 위한 약이니 만전을 기했다.

화요일, 수요일 양일은 더욱 법석이 일었다. 미우와 미나토 때문이었다. 둘이 작당을 하고 방사능 피폭 환자 여섯을 데려온 것이다.

그 주최는 미나토였다. 미나토는 윤도에게 두 개의 빚을 지고 있었다. 자신의 피부암이 그랬고 지인 정치가들의 회복이 그랬다. 그랬기에 미나토, 이번에는 사심 없는 '기여'를 하고 싶었다. 그래서 피폭 환자 다섯을 찾아냈다. 모두 생활이 어려운 사람들이었다.

왕복 항공 및 체류비 전액 미나토의 부담.

그 조건을 걸고 윤도에게 치료를 부탁해 왔다. 미우의 지원 사격도 있었다.

"데리고 오세요."

윤도가 제의를 받았다. 앰뷸런스는 광희한방대학병원의 지원을 받았다. 윤도가 잠깐 빌릴 수 없냐고 묻자 부원장이 기꺼이 내준 것이다. 비용은 무료였고 혹시 모를 이동 중의 응급 조치를 위해 안마란까지 파견해 주었다.

여섯 환자를 이틀로 나눠 치료했다. 다섯이 여섯이 된 건 윤도 때문이었다. 한의원으로 진료 타진을 해온 일본인 중에서 한 명을 추가한 것.

여기서 해프닝 하나가 일어났다. 몰카 사건이었다. 사건의 주인공은 40대의 일본 여성이었다. 그녀만은 굳이 작은 손가방을 지니고 있기를 원했다. 별것 아니기에 윤도가 허락했다. 그 안에 몰카가 있었다. 굉장히 정밀한 몰카였다.

출처는 일본 의학계였다. 여성이 윤도에게 치료받으러 가는 걸 알게 된 일본 의학계가 검은 손을 뻗친 것이다.

"심부름을 하나만 해주면……."

그들이 여성 환자에게 천만 엔의 딜을 제의했다. 가방을 가져가 치료 장면을 찍으면 되는 것이었다. 그걸 분석해 윤도의 침을 연구하려는 생각이었다. 치료 과정을 통해 무슨 약을 쓰는지 알아내려는 '수작'이었다.

치졸한 마수는 종일의 눈썰미 덕분에 발각되었다. 진경태를 대신해 약침 액을 가져왔다가 여성의 가방을 보고, 그 왼편에 뚫린 콩알만 한 구멍을 본 것이다.

'몰카?'

누구도 생각지 못했지만 종일은 알았다. 몰카(?) 전문가인 친구를 둔 덕분이었다. 불손한 경우, 몰카를 그렇게 사용하는 일이 많다는 말을 기억한 것이다.

"죄송합니다! 죄송합니다!"

몰카가 나오자 여성은 무릎부터 꿇었다. 그녀는 대성통곡했다. 아는 사람이라 거절하지 못하고 받아온 몰카 가방. 그것 때문에 자신의 병을 치료하지 못할 위기에 몰린 까닭이다.

"경찰에 넘기시죠."

진경태가 격노했지만 윤도는 치료를 마저 해주었다. 부처님 가운데 토막이라서 그런 게 아니었다. 그 일은 여성의 의도가 아니었다. 나쁜 건 일본 의학계의 저급한 일부 인사들. 옳지 못한 방법을 환자에게 시켰다. 절망에 지친 환자에게 시킬 짓이 아니었다.

"그대로 갖다 주세요. 아까 잠시 잠들었죠? 나중에 뭐라고 하면 깜박 잠이 들어서 중간 과정을 잘 모르겠다고 하면 될 겁니다."

"고맙습니다!"

암이 완치된 여성은 허리가 부러져라 인사를 해왔다.

몰카.

물론 그냥 보낸 건 아니었다. 탕약을 끓이듯 종일이 가공을 했다. 전문가인 종일 친구의 도움을 받았다.

"지금쯤 몰카 보낸 친구들 헤벌레 나사가 풀리고 있겠는데요?"

금요일 아침, 모닝커피를 마시던 진경태가 말했다.

"얼마나 센 걸로 보냈어?"

윤도가 종일을 바라보았다.

"친구 놈 말로는 제일 센 걸로 심었다고 하던데요?"

"종일아, 말로 해서 되냐? 원장님께 샘플을 보여 드려야지."

"에? 그래도 돼요?"

"아니면, 원장님은 남자 아니냐?"

"그랬다가 저 잘리면……."

"어허, 우리 원장님, 그렇게 좀팽이 아니에요."

"알았어요. 그럼 친구 놈한테 전화해 볼게요."

"뭐 하려고요?"

지켜보던 윤도가 물었다.

"잠깐만 기다리세요. 일본 친구들이 뭘 보게 될지는 알아야 할 거 아닙니까?"

진경태가 수상한 미소를 머금었다.

[아아아!]

[아아, 아아아, 아아!]

잠시 후, 약제실에 야릇한 신음이 울려 퍼졌다. 종일이 돌리는 동영상 때문이다. 화면에는 일본 AV가 돌고 있었다. 수위가 가장 높은 하드코어 계열이었다.

[아아아아!]

화면 속에서 AV 배우의 신음이 높아졌다. 남자 배우의 피스톤 운동이 점점 더 빨라졌다. 남자 배우는 하나둘이 아니었다. 그들이 말하는 특집 대방출 화면이었다.

"이걸로 보냈대요."

설명하는 종일의 볼이 붉어졌다.

"아, 진짜… 끄세요. 약에 부정 타겠습니다."

윤도가 손을 저었다.

"하핫, 그럴 줄 알고 발기부전 약 재료를 준비하고 있거든요. 그거라면 문제없지 않을까요?"

진경태가 웃었다.

그 시간의 일본 도쿄.

진경태의 추측대로 의사 하나가 몰카를 넘겨받았다. 그는 그걸 가지고 병원의 세미나실로 들어갔다. 거기 아홉 명의 거물 의사들이 기다리고 있었다. 여섯은 남자이고 셋은 여자였다. 윤도의 방사능 피폭자 치료에 대해 궁금증이 많은 사람들이었다. 음모를 기획한 일본 의학계의 대표들이었다.

"틀어봐."

70대 후반의 원로가 묵직하게 운을 떼었다. 몰카의 파일이 돌아가기 시작했다. 시작은 좋았다. 윤도의 일침한의원이 나온 것이다. 심부름을 맡은 여성은 제법 눈치가 있었다. 가방이 진료실 전체가 보이는 곳에 자리했다.

이윽고 윤도가 약침을 집어 들었다. 의사들의 호흡이 멈췄다. 완전한 집중이었다.

그런데 장침 다음에 돌연 화면이 바뀌었다.

"……!"

여의사들이 먼저 얼굴을 가렸다. 장침 뒤에 느닷없이 페니스가 튀어나온 것이다. 장침이 들어갈 혈자리에는 여자의 그것이 보였다. 기가 막히게 클로즈업된 여자의 그것. 거기로 다가오는 남자의 페니스. 하지만 페니스는 발칙하게도 자신의 혈자리를 찾아 들어가지 않았다. 그 아래의 엉뚱한 구멍으로 골인한 것이다.

헛발질.

빗나간 음모를 꾸민 일본 의사들에게 수치를 안겨주는 동영상이었다.

한일 합병하듯 의술도 도적질하려고?

쉽지 않다.

그냥 원래 잘하는 거나 하라고.

당신들, 세계적인 AV 강국이잖아?

[아아아! 아아아!]

여배우의 신음은 자꾸만 높아졌다.

헛발질.

명백했다.

아홉 명의 의사는 할 말을 잃은 채 헛기침만 반복하고 있었다.

그 시각, 윤도는 색다른 방문객을 맞았다. 결혼을 앞둔 스뗴빤의 여자 뤄샤오이였다. 그 차에서 어린이 하나와 두 명의 남자가 내렸다. 모두 중국인이었다.

"말씀드린 저희 외삼촌 첸슈에셴이세요."

뤄샤오이가 중년 남자를 가리켰다.

첸슈에셴.

그는 항주에서 유명한 한방종합병원에 근무하고 있었다. 전공은 침구. 항주로부터 아래쪽 남부 지역에서 명의급으로 날리는 사람이었다.

동행한 아이는 환자였다. 이 전화는 화요일에 뤄샤오이로부터 받았다. 치료가 잘 되지 않는 어린이 하나를 데려와도 좋겠냐는 말이었다. 전격적인 제의였지만 윤도가 수락했다. 보호자로 동행한 사람은 70줄의 노인이었다. 굳은 표정과 함께 아이 어깨를 짚은 팔의 각도가 어색해 보였다.

"뵙게 되어 영광입니다."

50을 살짝 넘은 첸슈에센은 겸손했다. 윤도가 어림에도 깍듯함을 잊지 않았다. 윤도는 일단 한의원 안내부터 했다. 종합병원에 비하면 아담하니 오래 걸릴 일도 아니었다.

"와아!"

약제실에서 첸슈에센의 첫 감탄이 나왔다.

"이야!"

나노 침에서 두 번째 감탄이 나왔다.

첸슈에센과 윤도는 중국어로 대화를 나누었다.

"이게 몸에 들어갑니까?"

첸슈에센은 나노 침에서 눈을 떼지 못했다. 가느다란 실처럼 보이는 나노 침. 그로서도 처음 보는 것이었다. 하지만 그 침에 대한 관심은 첸슈에센만이 아니었다. 아이의 보호자인 노인의 눈도 반짝거렸다. 첸슈에센보다 더 깊었다.

"이 아이가 환자입니까?"

윤도가 아이를 바라보았다.

"그렇습니다."

"자폐로군요?"

윤도가 물었다. 자폐아들의 특징을 고스란히 간직한 아이였다.

"치료가 가능할까요?"

"진맥을 해봐야겠죠."

"아, 예……."

첸슈에셴이 고개를 조아렸다. 그 눈동자에는 호기심이 가득 차 있었다.

"외삼촌이 선생님 침술 보고 싶어서 어젯밤을 설쳤다네요. 식사도 제대로 못하고 숨까지 넘어갈 태세예요."

뤄샤오이가 웃었다.

"그럼 치료부터 해야겠군요. 한국까지 와서 숨넘어가시면 곤란하니……."

윤도가 손톱을 물어뜯는 아이의 손을 잡았다.

"선생님이 진맥 좀 해보려고. 잠깐이면 돼."

아이에게도 중국어로 말했다. 아이는 잠깐 동안 동작을 않더니 책상에 머리를 찧기 시작했다. 보호자가 와서 머리를 잡아주었다.

자폐.

이 또한 쉬운 병이 아니다. 그러나 지금의 윤도에게는 그렇게 어려운 질환도 아니었다. 아이의 뇌 환경은 좋지 않았다.

불행하게도 시간이 오래되었다. 그 탓에 뇌 발달이 평균보다 미달이었다. 혈자리 반응은 세 군데로 집약되었다.

'심수혈, 전중혈, 백회혈……'

"당장은 과잉 자극에 대한 제어만 가능할 것 같습니다. 나머지는 시간을 두고 천천히 치료가 필요합니다."

"과잉 자극 제어가 되겠습니까?"

첸슈에셴이 격하게 반응했다.

"예."

"확실합니까? 죄송하지만 제가 여러 날 시침한 환자인데 도무지 차도가 없어서……."

"저는 심수와 전중, 그리고 백회혈 자리를 잡을 겁니다."

궁금한 첸슈에셴을 위해 정답부터 공개했다.

"저도 몇 번 시도한 혈자리인데… 약침을 쓰실 겁니까?"

"그냥 장침이면 됩니다."

"허어."

첸슈에셴이 혼자 고개를 저었다.

"시침 준비 좀 부탁해."

윤도의 지시가 승주에게 떨어졌다.

"꿀꺽!"

첸슈에셴의 목으로 연신 마른침이 넘어갔다. 뤄샤오이도 그랬다. 아이와 보호자는 달랐다. 아이는 그렇다고 쳐도 보호자는 좀 뜻밖이었다. 척 보기에는 할아버지 나이. 그렇다면 살짝 긴장할 만도 한데 표정의 변화가 없었다. 그저 깊은 눈만 우묵하게 움직일 뿐.

스슥!

침이 혈자리로 들어가기 시작했다. 오래 걸리지 않았다. 첸 슈에셴이 보기에는 그저 손을 몇 번 움직였을 뿐이다. 하지만 그 침에는 소산화법과 득기가 실렸다. 어느새 삽제의 과정을 아홉 번이나 반복하면서 침을 넣은 것이다. 침은 아이의 혈자리에 우뚝 자리를 잡았다. 그 자신도 시침을 해본 자리이기에 잘 알고 있는 첸슈에셴이다.

'과연······.'

첸슈에셴은 침에서 눈을 떼지 못했다. 조카 뤄샤오이의 경우로 확인한 신침이었다. 그 마법의 효력이 궁금한 첸슈에셴.

"꿀꺽!"

그가 마른침을 넘길 때 아이의 손이 움직이기 시작했다. 다시 물어뜯으려는 걸까? 그렇다면 윤도의 침은 불발탄?

손은 얼굴로 올라갔다. 첸슈에셴은 숨을 멈췄다. 아이의 손이 입에 닿았다. 하지만 물어뜯지 않았다. 그 손으로 입술을 문지른 아이, 다시 눈 쪽으로 움직이더니 눈을 비비고 얌전히 내려놓았다.

"······!"

첸슈에셴의 눈이 휘둥그레졌다. 그러나 내색하지 않았다. 우연일 수도 있기 때문이다.

윤도는 자리에서 일어나 타이머를 맞추었다. 세팅된 시간은 25분이었다. 그때 아이의 손이 다시 움직였다. 이번에는 천장이었다. 천장에는 어린 환자들을 위한 벽지가 붙어 있었다. 어린이 대통령으로 불리는 뽀로로 그림이었다.

'맙소사.'

거기에서 첸슈에셴의 절제가 무너졌다. 아이의 손가락이 아니라 눈 때문이었다. 살짝 혼탁해 보이던 아이의 눈에 생기가 돌고 있었다. 첸슈에셴은 자신도 모르게 걸음을 뗴었다. 아이의 손을 잡고 진맥을 했다. 그러지 않으면 미칠 것만 같았다.

'아아……'

입에서 탄식이 흘러나왔다. 진맥이 변했다. 그 자신이 수개월 동안 체크하던 자폐아의 진맥이 아니었다. 그건 정상아들의 진맥에 속했다.

"채 선생."

첸슈에셴이 벼락처럼 윤도를 돌아보았다.

"대신 진맥을 봐주셔서 고맙습니다. 더 추가해야 할 혈자리가 있습니까?"

윤도가 물었다. 원칙대로 하자면 첸슈에셴의 행동은 커다란 결례였다. 남의 진료에 끼어든 행동이기 때문이다. 하지만 그는 윤도의 침술을 보고 싶어 날아온 사람. 그 정도는 이해할 수 있었다.

"미안합니다. 믿기지 않아서 나도 모르게 결례를……."

"괜찮습니다. 다만 진맥을 하셨으면 소견을 말씀해 주시죠."

"소견……."

"한 군데 아쉬운 곳이 있을 텐데요."

"……?"

"아닙니까?"

윤도의 시선이 첸슈에센을 겨누었다. 순간 첸슈에센은 심장이 멎는 것만 같았다. 첫 진맥에서 언급 없이 지나간 일. 침은 잘 놓지만 나이가 어려 놓친 건가 싶었다. 하지만 아니었다.

"그게……."

"제가 해결해도 되겠습니까?"

"그래주시면……."

대답하는 첸슈에센의 시선이 보호자에게 건너갔다. 보호자의 눈빛은 더 묵직해져 있었다.

개의치 않고 침을 뽑았다. 이번에는 호침이었다. 침은 아이의 오른쪽 겨드랑이 밑으로 들어갔다. 그 반대의 왼쪽은 극천혈 자리였다. 침을 꽂은 윤도가 아이의 왼쪽 팔을 들어 올렸다. 그러자 놀라운 일이 벌어졌다. 왼쪽 겨드랑이의 극천혈에서 절침된 바늘이 밀려 나온 것이다. 윤도가 사용한 것과 같은 호침 조각이었다.

절침 제거법.

거기에는 여러 가지 방법이 있었다. 윤도가 쓴 건 반대편 혈자리 공략이었다. 이 편을 자극하면 저 편의 절침이 밀려 나온다. 물론 절정의 침술을 가진 한의사에게만 가능한 일이다.

'이, 이 사람…….'

첸슈에셴의 등에 식은땀이 맺혀왔다. 이 절침에는 사연이 있었다. 그러나 중요한 건 윤도가 그걸 알고 있다는 사실이었다. 그것도 진맥 하나로.

더 놀라운 건 단박에 침을 제거했다는 것. 어떤 면에서 보나 기막힌 일이 아닐 수 없었다.

'신침(神鍼)이다.'

첸슈에셴이 전율하자 보호자가 절침 조각을 받아 들었다. 그는 반대편으로 들어간 윤도의 호침을 확인했다. 자침의 깊이는 딱 절침된 침의 길이만큼이었다. 귀신이 따로 없었다.

"채 선생."

그제야 보호자의 입이 열렸다. 천둥처럼 묵직함이 실린 소리였다.

"……?"

"침술이 대단하시군요."

"예?"

남자의 말이 이어졌다.

"혹시 HIV라고 아시오?"

HIV라면 에이즈.

느닷없는 질문에 윤도가 고개를 들었다. 보호자와 정통으로 눈이 맞았다.

"치료할 수 있겠소?"

보호자의 목소리는 메아리처럼 가물거렸다. 그제야 알았다. 보호자는 그냥 노인이 아니었다. 눈이 그것을 말하고 있었다. 범은 범을 알아보는 법. 그의 눈에는 깊고 깊은 침술의 내공이 고스란히 녹아 있었다. 첸슈에셴에게 신경 쓰느라 미처 보지 못한 눈.

그렇다면 이 노인은 누구?

*   *   *

노인의 이름은 마롱이었다. 그는 20세기 말, 중국의 3대 침술가의 한 사람. 그러나 밀레니엄 시대가 되면서 명성이 막이 내렸다. 불행한 교통사고 때문이었다. 사고로 팔목이 차 틈에 끼면서 통째로 으스러지고 말았다. 그의 목숨 같던 손이다.

최고의 의사들이 달려들었지만 이전 기능을 찾지 못했다.

침을 놓던 손을 잃은 것이다. 그렇다고 중의 면허까지 접은 건 아니었다. 처절한 노력으로 왼손으로 침술을 이었다. 오른손만은 못하지만 요긴한 정도는 되었다. 게다가 그에게는 경륜과 함께 쌓인 탕제 비방이라는 비기가 있었다.

첸슈에센.

그는 마롱의 유일한 제자였다. 첸슈에센이 한국의 침술가 이야기를 전했다.

한국에 명의가 있습니다.

제가 만나보게 되었습니다.

툭!

그 말을 듣는 순간 절침이 나왔다. 진료대 위에 누운 자폐아였다. 치료가 더뎌 마롱에게 시침을 부탁한 날이었다. 절침은 그리 위험한 부위가 아니었다. 침이 위험하지 않으면 빼지 않는 경우도 있기에 그대로 데려왔다. 자폐와 더불어 윤도를 시험할 작정이었다.

그러니까 윤도의 침을 주목한 사람은 첸슈에센보다도 마롱 쪽이었다.

"마롱 선생님?"

윤도가 고개를 들었다. 중국의 명의를 다 아는 것은 아니었다. 하지만 마롱은 적어도 장지커급은 되어 보였다.

"내 질문에 답을 주지 않았소."

마롱의 시선은 여전히 윤도에게 꽂혀 있었다.

"죄송하지만 어르신이……?"

HIV 발병자입니까?

윤도가 조심스레 물었다.

"아니오. 환자는 따로 있소."

"중국입니까?"

"약속을 해주시면 당장에라도 한국으로 날아오실 것이오."

"당장?"

"그렇지 않나?"

마롱이 첸슈에셴을 바라보았다. 그러자 첸슈에셴이 자수를 해왔다.

"속여서 미안합니다, 채 선생."

"첸 선생님……."

"아이는 제가 치료 중인 환자입니다. 여기 마롱 선생님의 도움까지 받았지만 치료의 맥을 찾지 못했습니다. 아이가 워낙 때늦게 치료를 시작한 경우라서… 그래서 채 선생의 침술 확인차 데려온 겁니다."

"외삼촌."

관망하던 뤼샤오이가 황당한 표정을 지었다.

"미안하다. 부득이한 사연이 있어서 미리 말하지 못했다. 그러니 이제 너는 그만 돌아가 보거라. 이건 의술에 얽힌 일이니……."

"알겠어요."

첸슈에센의 요청을 받은 뤄샤오이가 인사를 남기고 돌아섰다.

"어떻소? 이 늙은이가 보기에 채 선생의 침이라면……."

"부탁합니다."

마롱의 말에 첸슈에센의 요청까지 추가되었다.

"황당하군요. 너무 갑작스러운 일이라……."

"오는 길에 선생이 일본 방사능 피폭 암 환자들을 치료했다는 소리를 들었소. 내 사고 후로 전 같지 않은 침술이지만 보는 눈은 오히려 깊어졌다오. 채 선생의 침술이라면 가능성이 높을 것 같소이다."

"침술이라면 중국에도 명의가 많지 않나요?"

"많지요. 하지만 중국은 넓어 대륙을 다 뒤질 여유까지는 없다오."

"……."

"게다가 이 양반이 중국에서 워낙 유명한 사업가라 중국보다는 중국 외에서의 치료가……."

HIV…….

이해는 되었다. 중국 역시 개방의 역사가 짧은 나라. 그 나라라고 HIV에 대해 우호적일 리가 없었다.

"이렇게 청하시니 한번 보기는 하겠습니다."

"고맙소."

윤도의 대답에 마롱의 이마 주름이 활짝 펴졌다.

"입장은 그렇다고 치고, 상태는 어떻습니까? 두 분도 유명하신 분 같은데 다른 한의사를 찾는 걸 보면 중중일 거 같군요."

"솔직히 그렇습니다."

"임상 자료 같은 건 가지고 오셨나요?"

"솔직히 말하자면 나도 한창때 웬만한 암은 다 고쳐본 사람이오. 여기 첸슈에셴도 그렇고……."

"……."

"하지만 우리 둘이 머리를 맞대도 큰 효험을 보지 못하고 있소. 설명이 되겠소?"

"합병증이 발현한 겁니까?"

"그렇소."

"……!"

마롱의 대답에 윤도의 호흡이 멈췄다.

HIV.

Human Immunodeficiency Virus의 머리글자를 딴 명칭으로 인체 면역 결핍 바이러스라고 불린다. 바이러스라는 이름에서 알 수 있듯이 사람과 사람 사이로 전염되며 사람의 몸 안으로 들어오면 면역 세포를 파괴시키는 바이러스이다.

감염은 주로 동성애, 공용 마약 주사기, 모태 감염, 수혈, 섹스 등에 의한다. 기타 일상생활에서는 감염되지 않는다. 더러는 에이즈 발병자를 문 모기가 사람을 물면 감염되느냐는 의문도 있지만 걱정의 대상이 아니었다.

HIV는 감염과 환자의 차이가 있다. 감염은 HIV가 몸 안에 있지만 일정한 면역 수치(CD4 200cell/㎣ 이상)를 유지하면서 몸에 뚜렷한 증상이 없는 상태이고, 환자는 HIV에 감염된 후 면역 체계가 파괴되어 면역세포 수가 200cell/㎣ 이하이거나 에이즈라고 진단할 수 있는 특정한 질병, 또는 증상이 나타난 경우를 말한다.

과거에는 에이즈가 발병되면 닥치고 사망이었다. 하지만 지금은 HIV 바이러스를 강력하게 억제할 수 있는 치료제가 개발되어 치료를 받고 약을 복용하면 건강하게 살 수 있었다. 당뇨나 고혈압처럼 약으로 관리되는 만성질환이 된 셈이다.

치료는 주로 칵테일 요법에 의하며 약제는 뉴클레오사이드 역전사효소 억제제, 비뉴클레오사이드 역전사효소 억제제, 단백분해효소 억제제, 통합효소 억제제 등등의 30여 가지의 치료제가 처방되고 있다.

하지만 현재도 몸 안의 바이러스(HIV)를 완전히 제거할 수 있는 약은 없다. 그렇기에 일단 감염되면 발병 요인을 막아야 한다. 발병을 촉진시키는 대표적 질병으로 결핵, 헤르페스 감염증 등이 꼽히고 있다.

"결핵 쪽입니까, 아니면 구강칸디다?"

윤도가 물었다. HIV 발병자들에게 대표적으로 일어나는 합병증이다.

"폐암입니다."

마롱이 또렷이 대답했다.

젠장!

폐암이라면 거의 최악이다.

"폐암 자체만 보면 말기까지는 아니지만 오장육부의 기가 쇠해 면역 기능이 바닥입니다. 일반적인 경우의 폐암과 다른 게 그 때문이지요. 부랴부랴 채 선생을 찾아온 이유입니다."

'위독합니다.'

거의 그 말이었다.

"그 밖에 옵션이 또 있습니까?"

"없습니다. 이걸 받으시는 순간 치료에 임한다는 계약이 성립될 뿐입니다."

마롱이 봉투를 내밀었다. 백지수표였다. 말로만 듣던 백지수표. 금액 청구란이 하얗게 비어 있다.

"회장님 말씀이 무엇을 적어도 된다고 했습니다. 돈이든 물건이든… 중국의 빌딩이든……."

"……."

"부탁합니다."

"부탁합니다."

마롱과 첸슈에셴이 입을 모았다. 일본인과는 다른 대륙인의 방식. 그러나 간절하기는 둘 다 크게 다르지 않았다.

"콜입니다. 대신 이건 치료가 끝난 다음에 받도록 하죠."

윤도가 백지수표를 밀어냈다. 계약의 성립이었다.

'HIV……'

그날 저녁, 윤도는 약제실에 남았다. 진경태와 종일은 퇴근한 후였다. 은은하게 풍겨오는 오미자와 황기의 향이 좋았다. 그 옆에는 새 약재가 즐비했다. 진경태가 캐온 약재였다.

잎새버섯을 집어 들고 향을 음미했다. 풋 맛에 따라오는 균사체의 향이 좋았다. 윤도의 생체 분석으로도 중상을 기록하는 최상급이었다. 운지버섯과 영지버섯, 동충하초도 그랬다.

약초는 신비롭다. 어떻게 다루냐에 따라 약도 되고 풀도 된다. 그러고 보면 나무들도 그렇다. 채이고 파이고 찍혀도 굳세게 상처를 이겨낸다.

약침…….

에이즈 발병자 치료는 처음이다. 아직 임상에서 한 번도 만나지 못했다. 그러나 중고등학교 때만 해도 괜한 두려움으로 알았던 에이즈.

에이즈 걸린 여자랑 자면 골로 간다.

걸리면 고추가 썩고 살에 곰팡이가 피면서 죽는다.

잘 알지도 못하면서 친구들과 떠들어대던 모습이 스쳐 갔다.

면역.

에이즈 하면 면역이다. 약재들을 만지며 면역 관련 혈자리를 복기해 보았다.

'폐수혈, 중완혈, 신수혈, 족삼리혈, 관월혈, 신궐혈, 합곡혈, 곡지혈, 영향혈, 비익혈……'

혈자리는 많았다. 하지만 앵무새처럼 읊조려서는 소용이 없다. 어느 병에 어느 혈자리가 좋다는 것만으로는 좋은 한의사가 될 수 없었다. 좋은 한의사는 환자의 상태에서 답을 찾아야 하는 것이다.

"원장님."

혼자 골똘해 있는데 반가운 목소리가 들렸다. 진경태였다.

"어, 아직 안 들어가셨어요?"

윤도가 고개를 들었다.

"우리 원장님 이럴 줄 알았지. 저녁은 먹었습니까?"

"집에 가서 먹으려고요."

"지금 몇 시인데요?"

진경태가 포장을 내려놓았다. 참치초밥이었다.

"이야! 제 겁니까?"

"아니면요? 아무리 바빠도 밥은 먹고 해야죠. 원장님이 건강해야 환자들도 살릴 수 있는 겁니다. 지금 세계가 독감으로 콜록대는 거 모르는 거 아니죠?"

"또 뉴스 나왔어요?"

"저녁 뉴스 들으니 베이징에 이어 홍콩과 미국, 영국에서도 난리라고 하네요. 베이징과 영국에서는 1주일 새 100여 명이 사망한 모양입니다."

"그렇군요. 아무튼 고맙습니다."

"그나저나 이번에는 뭐 저승사자 환자라도 온 겁니까? 굉장히 긴장하고 계시네?"

"그게 다 보여요?"

윤도가 초밥을 우물거리며 물었다.

"제가 관상 9단인 거 잊었습니까?"

"하핫, 그렇군요. 실은 HIV 환자 시침을 부탁받았어요."

"HIV라고요?"

윤도 말을 들은 진경태가 벼락처럼 반응했다.

"뭘 그렇게 놀라요? HIV 처음 들어요?"

"그런 환자에게 침을 놓는다고요?"

"네."

"맙소사, 그건 안 됩니다."

진경태가 손을 저었다.

"왜요?"

"감염 우려가 있잖아요? 주사도 아니고 침이라면 피에 접촉할 수 있어요."

"옛날 허준 선생에 피하면 조족지혈이에요. 그분은 그 당시로는 HIV와 비교도 할 수 없을 정도로 전염력이 강한 폐결핵이나 콜레라, 돌림병 같은 진료도 서슴지 않았잖아요."

"하지만 HIV는……."

"그만하시고 약재나 추천해 보세요. 뭐가 좋을까요?"

윤도는 마지막 남은 초밥을 입에 밀어 넣었다. 진경태의 말은 아예 개의치도 않는 눈치였다.

"젠장, 역시 원장님이군요. 여기서 예약 환자만 봐도 팔자를 고치고도 남을 분이 씨도 안 먹히니……."

"오미자하고 황기가 좋던데요. 아예 기본으로 시작해 볼까요?"

"기본 약재 있는 거 불러드려요?"

"네."

윤도가 관심을 기울였다. 머리도 식힐 겸 나쁘지 않을 것 같았다.

"곽향, 자소엽, 백지, 대복피, 백복령, 후박, 백출, 반하……."

"곽향정기산이군요?"

윤도가 왈딱 반응했다.

"그건 너무 약하지 않나요?"

"아닙니다. 묘수네요. 음양의 기본을 잡아주는 곽향정기산……"

곽향정기산.

한방에서 초기 감기에 많이 쓰인다. 무너진 음양의 균형을 잡아준다. 만병은 음양의 불균형으로부터 초래되는 것. 그 재료들 옆에는 차가와 영지, 운지, 상황버섯 등이 보였다.

음양의 기본 약재와 최상급 면역재.

극과 극이다.

"……!"

윤도의 눈에 불이 번쩍 들어왔다.

사승정쇠(邪勝正衰)와 정승사퇴(正勝邪退).

윤도의 기억이 내경(內經)으로 달려가 명제 하나를 건져냈다.

─사기가 성하면 실하고 정기가 허해진다.

실(實)은 사기(邪氣)의 넘침이고, 허(虛)는 정기의 모자람이다. 실은 사기가 들어와 아직 무너지지 않은 정기와 한판 격돌을 벌이면서 몸의 변화가 일어나는 단계이다. 허는 오장육부이 기능이 약해져 정기가 사기에 대항하지 못하는 상태.

사기와 정기의 격돌 과정에서 사기가 극히 강하면 정기가 쇠퇴하여 질병이 악화되거나 사망에 이르게 된다. 사승정쇠의 과정이다.

SARS나 HIV도 이 과정에서 설명이 된다. 둘 다 외부 감염의 형태로 인체에 들어와 정기를 손상시켜 사승정쇠의 전형을 이룬다. 그리고 마침내 정기가 바닥나면 사망에 이르게 되는 것이다.

그러나 정기가 회복되어 사기와의 싸움에서 이기면 질병이 호전되거나 완쾌로 향한다. 인체의 장부, 경락 등 병리적 손상이 회복되고 정, 기, 혈의 소모도 회복되어 음양이 새로운 평형을 찾게 되니 바로 정승사퇴를 가리킨다.

정승사퇴가 되려면 기본이 튼튼해야 한다. 기본이 갖춰지면 최상급 면역이 필요하다. 그 극과 극이 윤도의 눈앞에 있었다.

"아저씨, 미안하지만 곽향정기산하고 사물탕 준비 좀 부탁해요. 둘 다 이 처방대로 좀 넉넉하게요. 한두 가지 화제가 더 있는데 그건 곧 말해 드릴게요."

넉넉하게.

그걸 강조한 윤도의 손이 미친 듯 약재의 이름과 구성비를 휘갈겨 댔다.

"그리고 저 상급 버섯들 있잖아요. 이 화제대로 약침 진액 좀 만들어주세요."

지시를 내린 윤도는 원장실로 들어가 문을 잠갔다. 신비경을 꺼냈다. 남은 화제의 하나를 준비하려는 것이다.

"타시죠."

토요일 오전의 제주공항, 첸슈에셴이 권한 건 헬기였다.

헬기.

놀란 윤도가 헬기를 바라보았다. 로고로 봐서는 어느 회사 것인지 알 수 없었다. 거침없이 헬기를 띄우는 사람. 과연 보통은 아닐 것 같았다.

'그 사람들, 엉뚱한 생각은 없겠죠?'

탕약과 약침액을 건네던 진경태가 한 말이다. 그런 걱정은 없었다. 첸슈에셴은 뤄샤오이의 외삼촌이다. 뤄샤오이의 결혼 예정자는 TS전자에서 백지수표를 받은 스뗴빤. 그만하면 지구 최강의 신용 등급이다.

투타타!

헬기는 중문을 향해 날았다. 오래 걸리지 않았다. 이내 푸른 잔디 위에 내려앉았다. 유럽풍의 정원에 자가용 헬기가 딸린, 기가 막히는 별장이었다. 그 잔디 끝에 남녀 커플이 서 있었다. 남자는 50대쯤이고 여자는 30대 중후반으로 보였다.

흰 셔츠를 날리는 모습은 영화 속의 연인을 연상케 하고도 남았다. 두 사람은 이미지까지 닮아 있었다.

"채 선생을 모시고 왔습니다."

마롱이 남자에게 윤도를 소개했다.

"우리말을 할 줄 압니다."

소개말 한마디가 덧붙었다.

"반갑습니다."

남자가 손을 내밀었다. 생각보다 얼굴이 깨끗했다.

"들어가세요."

안으로의 안내는 여자가 맡았다. 전면 유리를 단 별장 입구에서 윤도가 돌아보았다. 중국인들, 제주도 투자가 엄청나다더니 비로소 실감이 되었다. 현 위치를 검색하고 진경태에게 문자를 보냈다. 그의 당부대로 비상 연락망을 건네는 것이다.

별장의 입지는 압도적이었다. 시원한 바다가 내려다보인다. 옆에 걸리적거리는 건물도 없다. 수영장은 기본이지만 그 기본이 두 개였다. 수영장 뒤로는 미니 골프장도 딸려 있다. 어쩌면 저 아래 정박된 럭셔리한 요트도 이 별장 소유일지 모른다.

나중에 안 일이지만 그 일대를 전부 사들인 거였다. 혹 누군가 건물을 지어 별장의 풍광을 가릴지도 모를 가능성까지 원천 봉쇄 해버린 것이다.

환자는 상상 불허의 재력가였다.

4. 불가능을 박살 내다

차를 마셨다.

그때까지 환자는 입을 열지 않았다. 마룽과 첸슈에셴이 말을 하면 가만히 고개를 끄덕여 반응을 보일 뿐이었다. 이목구비는 그리 좋지 않았다. 단언컨대 미남은 아니라는 말이다. 모든 것을 다 가질 수 없다는 말이 실감 났다. 이런 갑부가 조각 몸매에 아이돌 마스크까지 가진다면…….

"진료 시작할까요?"

윤도가 운을 떼었다. 별장의 번쩍번쩍한 실내 장식에 감탄할 시간도 없었다.

"이쪽으로……."

여자가 다른 문 앞에서 말했다.

별장 안에는 진료실이 딸려 있었다. 딱히 병원처럼 지은 건 아니지만 간단한 처치는 가능한 공간이었다. 환자가 침대로 올라갔다. 여자가 부축했다. 환자가 눕자 여자는 환자의 손을 잡아주고 나갔다.

윤도가 맥을 잡았다.

"……."

윤도의 눈이 잠시 출렁거렸다. 환자는 손과 얼굴이 따로 놀았다. 아주 달랐다.

'안면 피부 이식?'

머릿속에 번개 하나가 불벼락을 치며 스쳐 갔다. 내색하지는 않았다.

진맥은 길게 볼 것도 없었다. 사기가 기승을 부리고 정기가 바닥으로 추락하는 사승정쇠의 전형이었다. 기경팔맥이 죄다 쇠퇴한 것이다. 그렇기에 맥은 거칠면서 부실했다. 그마나 다행인 건 폐암의 병소가 오장직자침을 넣기 나쁘지 않다는 것 뿐이다.

"어떻습니까?"

마롱이 물었다.

"치료 시작하겠습니다."

윤도는 한마디로 대답했다. 준비한 한약을 꺼내 주방으로 갔다. 가정부에게 데워달라고 부탁했다. 다시 돌아온 윤도는 환자의 사관혈에 장침을 찔렀다.

HIV.

원래는 의료용 장갑을 껴야 한다. 혹시라도 혈액이 묻을 수 있기 때문이다. 더러는 침에 손가락을 찔릴 수도 있었다. 윤도는 그러지 않았다. HIV는 SARS와 다르다. SARS는 조심해도 옮을 수 있지만 HIV는 혈액만 주의하면 되었고, 윤도에게 그 정도 주의력은 있었다.

사관혈을 열어놓고 탕약을 먹게 했다.

"푹 쉬고 계십시오."

당부를 남기고 별장을 나왔다. 윤도는 작은 바위 위에서 낚싯대를 드리웠다.

"채 선생……."

다가온 사람은 첸슈에셴이었다.

"같이하시죠?"

윤도가 릴을 감으며 말했다.

"낚시 좋아하시나요?"

"그건 아니지만 환자가 제주도에 있다기에 준비해 왔습니다."

"탕약 말입니다."

"그게 궁금해서 오셨군요?"

"회장님께서 궁금해하셔서서……."

회장.

환자를 알 수 있는 단어 하나가 나왔다. 이 정도 재력에 친목회 회장일 리는 없었다.

"베이스는 곽향정기산입니다."

"뭐라고요?"

첸슈에셴이 촉각을 세우며 되물었다.

"곽. 향. 정. 기. 산."

윤도가 또박또박 강조해 말했다.

"선생님!"

첸슈에셴의 표정이 경악으로 바뀌었다. 무슨 특별한 비방이라도 나왔을 줄 알았다. 그런데 하잘것없는 기본 처방이라니…….

"원방에서 약간 손을 본 처방입니다. 네 시간 후에 한 번 더 먹이라고 가정부에게 부탁했으니 그때까지 낚시나 하려고요."

"채 선생……."

"엇, 벌써 물었는데요?"

윤도가 낚시를 감았다. 작은 복어가 딸려 올라왔다.

"환자도 그렇지만 마 선생님께서도 궁금해하고 있습니다. 특별한 이유라도?"

"이 물고기 아시죠?"

"복어……."

"맞습니다. 작아도 복어죠. 이 녀석 안에는 치명적인 독이 있지요. 그러니 작다고 깔보면 큰일 납니다."

"……."

"마 선생님께 갖다 주세요. 아마 궁금증이 풀릴지도……."

윤도가 새끼 복어를 내밀었다. 대화의 뜻을 아는 건지 복어는 작은 입을 끔뻑거리고 있었다.

"……."

복어를 받아 든 마룽의 눈빛이 출렁 흔들렸다.

"이걸 답으로 내놓았다고?"

"예."

"다른 말은?"

"작다고 깔보면 큰일 난다고……."

"작다고 깔보면 큰일 난다?"

"……."

"복어와 곽향정기산……."

"제 생각에는 기본으로 가고 있는 것 같은데……."

"기본 중의 기본이야. 하지만 뭔가 다른 게 있기는 하다네."

마룽이 한약 봉지를 가리켰다. 윤도가 가져온 것이다. 환자가 먹고 남은 몇 방울을 찍어 맛을 본 마룽이다. 중국의 모든 탕제를 마스터했다고도 할 수 있는 마롱. 곽향정기산 안에 든 화제는 이미 파악했다. 성분과 약의 정이가 기가 막힌 약재였다. 하지만 단 두 가지, 알 수 없는 성분이 있었다.

"한국 산삼 쪽일까요?"

"아니, 그렇게 깊지는 않아. 그냥 순해. 동시에 신묘하기도 하고."

"역시 비방 쪽이군요."

"비방이라고 해도 중심 주제는 곽향정기산이라네."

마롱이 주의를 환기시켰다. 호박에 줄 긋는다고 수박 될 일은 아니라는 뜻이다.

"효과가 있을까요?"

"둘 중 하나겠어."

"둘 중 하나라면?"

"대박 아니면 쪽박."

"……?"

"그중 하나일 거야. 완치 아니면 시간 끌다가 역부족 선언."

"……."

"이건 가서 놓아주게. 기다려 보는 수밖에 없겠어."

마롱이 복어를 내밀었다.

윤도는 약속한 시간에 돌아왔다. 손을 소독하고 바로 환자 앞에 앉았다. 하지만 다시 기본 탕제를 먹일 뿐이었다. 약을 먹이고는 숙소로 정해준 방에서 잠을 청했다. 어찌나 곤하게 자는지 그 소리가 거실까지 들렸다. 거실 소파에 앉은 두 중의의 미간이 슬슬 구겨져 갔다.

한국 최고의 침술명의.

그의 행적은 의심할 여지가 없었다. 소문만으로는 부족해 현장 검증까지 마쳤다. 뤼샤오이가 그랬고 자폐아 치료에 발침이 그랬다. 그럼에도 불구하고 두 중의의 속은 까맣게 타들어 가고 있었다.

―일어나즈아!

윤도는 세팅된 시간에야 잠이 깨었다. 핸드폰 화면을 눌러 알람을 껐다. 밖을 보니 해가 저물고 있었다. 딸린 화장실에서 세수를 했다. 손 소독도 했다. 그러나 윤도가 한 일은 여전히 곽향정기산과 기혈을 올리는 혈자리에 침을 넣은 것뿐이었다. 다음 차례에도 그랬다.

"......"

지켜보는 마룽은 똥줄이 타들어갔다. 분명 침술의 성취가 높은 윤도. 그렇기에 감 놔라 배 놔라 참견할 수도 없었다.

하지만 잠들기 전에 탕제가 바뀌었다. 이제는 곽향정기산이 아니라 비방 사물탕이었다. 사물탕의 목적은 혈액을 보하는 것.

"......!"

윤도 몰래 약을 체크한 마룽의 미간이 구겨졌다. 이 또한 특별히 다를 것 없는 사물탕이었다. 다른 건 여전히 두 가지. 순하고 신묘한 뒷맛만이 다를 뿐이었다.

'대체……'

두 가지 맛의 한약재를 떠올려 보지만 생각이 닿지 않았다. 마룽의 밤은 그렇게 깊어갔다.

—일어나즈아!

다시 알람이 울었다. 이제는 새벽이었다. 기지개를 켠 윤도는 환자의 방으로 가서 맥부터 잡았다. 어제보다 좋았다. 사기가 압도적이던 상태에서 사기와 정기가 균형점에 가까운 상태로 변하고 있었다.

'빙고.'

아직 정기 부족이지만 이 정도라면 시작할 만했다.

약침을 꺼내놓았다. 딱 두 가지였다. 폐암을 잡기 위한 것과 윤도표 면역증강제.

바스락.

기척과 함께 두 중의가 다가왔다.

"시침하겠습니다."

혈자리를 잡은 윤도가 환자의 옷을 벗겼다. 얼굴과 달리 군데군데에서 흉측한 붉은 반점군이 나왔다. 붉은 반점은 에이즈 감염자의 일부에서 보인다. 하지만 진행으로 보아 만만치 않은 상태였다. 쇄골 사이도 유난히 좁았다. 이 또한 많은 암 환자에게서 보이는 특징 중 하나이다.

'후우.'

숨을 고르고 나노 침을 뽑았다. 첫 침부터 오장직자침이었다. 장침이 그대로 폐로 들어가 버린 것이다.

'으헉!'

지켜보던 마롱이 휘청 흔들렸다. 그는 눈을 의심했다. 처음에는 신묘함이 아니라 무데뽀 난폭함으로 보였다. 그가 아는 자침 원칙은 하나였다. 오직 기혈에 닿고 근육 마디에 닿지 않는 것. 그렇기에 오장이 가까운 혈자리에서는 깊이 넣지 않는 게 원칙이었다. 더구나 폐였다. 조금이라도 잘못하면 영락없는 기흉이다. 기흉이 생기면 호흡 곤란으로 바로 죽을 수도 있었다.

그런데 그 폐부로 길고 긴 나노 침이 망설임도 없이 들어갔다. 벼락처럼 환자에게 시선을 돌렸다. 환자는 평온했다. 기침도 없고 거품도 뿜지 않았다. 심지어 호흡도 괜찮았다.

"회장님."

마롱이 환자를 불렀다.

"예?"

목소리가 나왔다. 또렷했다. 그 마음을 읽은 윤도가 넌지시 주의를 주었다.

"치료 중입니다."

"……"

찔끔한 마룽이 뒤로 물러섰다.

"자침 손상을 걱정하신다면 신경 끄셔도 됩니다. 미리 말씀 드려야 하는데 설명을 생략한 건 두 분의 의술이 높아 평소 환자분과 교감이 되었다고 판단한 까닭입니다. 나아가 폐암 치료에 있어 흔히 쓰는 합곡과 태충의 사관혈, 중부, 척택, 태연, 폐수, 중완을 쓰지 않은 건 이 오장직자침이 그들을 대신하기 때문입니다. 환부의 직접 공략으로 애써 다진 정기의 소진을 보호하려는 의도도 있고요."

'오장직자침?'

중의들이 한 번 더 뒤집어졌다. 침법 자체는 생소한 게 아니었다. 인체의 어느 부위든 직접 침을 놓아 병세를 잡을 수 있다면 최상의 침술이 될 수 있었다. 혈자리의 원리도 그와 다르지 않았다. 하지만 오장은 침이 들어가면 손상된다. 게다가 치명적이다. 그렇기에 혈자리를 이용해 간접 치료를 도모하는 침술. 그런데 오장직자라니?

하지만 이의조차 제기할 수 없었다. 지금 그 오장직자가 눈앞에 펼쳐지고 있지 않은가? 희고 긴 나노 침이 다 들어가도 아무 문제가 없지 않은가?

윤도는 그들의 경악 위에 차곡차곡 나노 침을 더해주었다.

환자의 폐에 똬리를 튼 열두 개의 암 덩어리. 거기에 빠짐없이 나노 침을 꽂은 것이다.

침 끝을 돌려 암세포의 반응점을 찾았다. 사기가 미친 듯이 몰려들어 침 끝을 물었다. 한 무리도 아니었다. 암세포의 사기와 HIV의 연합이었다. 겨우 숨통이 붙어 있던 진기들이 수세에 몰렸다. 절대 열세지만 진기는 결코 투항하지 않는다. 목숨이 다해야만 비로소 물러서는 진기. 그게 생명의 신비였다.

사기와 진기가 충돌하자 필연 침 끝이 물렸다. 눌러도 들어가지 않고 빼도 빠지지 않는다. 거기에서 윤도의 침에 화기가 들어갔다. 몰려든 사기를 끝장내는 화침이었다.

화아악!

화침의 위세가 신성(神聖)의 동심원을 그리며 퍼져 나갔다.

꾸에엡!

암세포와 HIV 연합군이 몸서리를 치며 녹아나기 시작했다.

40.

41.

42.

화침은 42.5℃까지 올라갔다. 그제야 허덕이던 진기들이 일어서기 시작했다. 화침을 등에 업고 반격을 시작했다.

화아악!

화아악!

진기가 화침과 합하자 동심원은 더 세고 더 멀리 퍼져 나갔다.

나노 침은 마지막 암 덩어리를 찌르고 조금 쉬었다. 그때까지도 두 중의의 시선은 나노 침의 손잡이에 있었다. 나노 침 끝이 마치 달빛처럼 신성해 보였다.

두 시간 경과.

윤도가 나노 침을 갈았다. 그리고 또 두 시간을 흘려보냈다.

"선생님."

창가에서 지켜보던 첸슈에쎈이 나지막이 입을 열었다.

"말하시게."

"아무래도……."

"……."

"치료가 되는 거 아닐까요?"

첸슈에쎈의 눈은 여전히 윤도의 손끝에 있었다. 말도 안 되는 오장직자침. 무수하게 폐에 꽂혔음에도 환자에게는 통증조차 엿보이지 않았다. 그것은 곧 세포 한 알 한 알을 피해 오직 암세포만을 찔렀다는 얘기이다. 인체의 기관과 조직의 좌표를 입력시킨 AI 수술로봇이라고 해도 불가능할 일. 그 신의 영역이 펼쳐지고 있는 것이다.

"하지만 HIV가 아니고 폐암 시침일세."

마룡은 판단을 유보했다. 폐암은 HIV의 산물이다. 그러니 HIV를 해결하지 못하면 애쓴 치료가 무의미할 일이다.

폐암 치료는 정오가 지나서야 끝을 맺었다. 환자에게 죽과 함께 사물탕을 먹였다. 윤도도 대충 끼니를 때웠다.

잠시의 휴식 끝에 다시 치료에 임했다. 이제 HIV와 한판 승부를 벌여야 한다. 윤도는 회심의 승부수가 될 약침 액을 집어 들었다. 윤도표 면역증강제였다.

HIV.

두근두근.

단어를 생각하자 심장이 반응했다.

'너도 설레냐? 나도 설렌다.'

윤도가 웃었다. 처음 겪어보는 HIV 발병자. 두려움에 앞서 전의가 불타올랐다. 이미 다양한 불치, 난치의 병을 겪어본 윤도인 것이다.

사승정쇠(邪勝正衰)에서 정승사퇴(正勝邪退)로.

미리 세운 지상 명제를 향해 윤도가 출격했다. 이번에는 나노 침이 아니라 장침이었다. 윤도의 수족 같은 그 장침.

침.

사실 침술에는 고려해야 할 사항이 많았다. 노법, 도기법, 도침제삽법, 소산화법, 양자법 등을 차치하고라도 5역에 5금, 5탈, 5과 등등. 지금 이 순간, 합병증까지 도진 말기 HIV 환자를 기준으로 한다면 침을 놓을 수 있는 혈자리는 많지 않았다. 게다가 깊게 자침해서도 안 될 일이다.

마롱과 첸슈에셴이 경악에서 헤어나지 못하는 이유도 거기에 있었다. 명의로 꼽히는 그들조차 엄두도 내지 못할 침법. 그러나 환자에게는 도무지 부작용이 없는 침술. 노쇠한 마롱의 눈이 밤을 지새우고도 초롱거릴 수밖에 없는 이유였다.

이제 또 어떤 침법이 나올 것인가? 저 젊은 한국 한의사는 어떤 혈자리를 어떻게 잡을 것인가? 그들의 의문은 점차 호기심으로 변하고 있었다.

정승사퇴.

충분하지 않지만 기반은 조성되었다. 이제는 터무니없지 않았다. 각 오장육부의 끄트머리에 몰린 정기가 싹을 틔우기 시작한 것이다. 불씨를 틔웠으니 이제는 화력을 퍼부을 시간이었다.

기경팔맥.

윤도가 혈자리를 바라보았다. 면역의 판을 바꾸어야 했다. 곳곳에 물든 사기를 밀어내고 상큼한 면역 정기로 인체를 환기시켜야 했다. 그러자면 파워가 필요했다. 그 파워의 첫째는 열이었다. 그건 히포크라테스가 한 말이다.

—열을 만들 힘을 주면 모든 병을 치료할 수 있다.

여기서의 열은 곧 정기가 되었다.

윤도의 첫 선택은 천지인의 백회, 용천, 선기혈이었다. 선기혈은 몸 안의 북두칠성으로 전신의 병을 두루 치료한다. 이를 백회, 용천과 묶으면 천지인의 조화를 노릴 수 있었다.

그런데 자침의 출발은 장침이 아니라 호침이었다. 여간해서는 쓰지 않는 호침. 그러나 이번에는 확실한 의도가 있었다.

'양자법(揚刺法)……'

침을 본 마룽의 안면이 파르르 떨렸다. 네 개의 호침이 다이아몬드의 사각을 이룬 것이다. 그 정 가운데로 들어간 게 약침이었다. 이는 몸에 퍼진 사기가 넓을 때 대처하는 시침법이다. 침은 모두 약침이었다. 윤도표 면역증강제. 성분은 퀄리티 높은 항암버섯 진액에 HIV 면역증강제를 배합한 칵테일이었다. 물론 산해경의 영약도 일부 첨가했다.

그러나 당장 격렬한 효과가 나오지는 않았다.

다음으로 노린 혈자리는 사신총혈이었다. 한열허실을 막론하고 치료할 수 있다는 명혈. 그 또한 양자법으로 시침되었다. 한마디로 촘촘한 그물이었다. HIV가 피라미라면 한 마리도 놓치지 않겠다는 포석이었다.

'오케이.'

포석을 마친 윤도가 다시 장침을 잡았다. 지금까지는 준비 운동의 재확인, 이제 본대가 출격할 시간이었다.

면역 증강 약침이 오수혈로 들어갔다. 기의 생장은 경락의 시작과 끝에서 이루어진다. 각 경락의 모혈만 잡아도 수십 혈 자리가 될 판. 윤도는 전신 경락의 사기를 완전하게 세척할 생각이다. 전신의 경락을 열어 새 기로 경락을 돌게 하는 것. HIV 치료의 관건이었다.

중부혈과 장문혈, 경문혈, 석문혈에 더해 독맥과 임맥의 모혈을 잡았다. 모두 면역 증강 약침이 들어갔다. 전체 조율의 사령탑은 인당으로 삼았다. 인당은 림프에 관여한다. 림프는 면역에 관여한다. 여기에서 면역 체계를 청소해 HIV를 박멸할 작정이다.

'열……'

'면역 증강……'

윤도가 머리에 두 단어를 그렸다.

'스타트!'

윤도의 손끝이 돌기 시작했다. 침을 감는 것이다. 손목을 타고 온 신성 파워는 윤도의 비원을 고스란히 침 끝에 퍼부었다. 윤도는 그 끝을 감아 각 모혈과 치료혈에 꽂힌 약침들을 자극했다.

처음은 실패.

'오케이.'

실망하지 않았다.

재시도.

두 번째도 실패.

'흐음…….'

재시도.

다섯 번, 여섯 번을 해도 전체 경락이 열리지 않았다. 몇 경락이 반응하면 몇 개가 침묵하고, 그것들을 체크하면 다른 것들이 침묵하는 것의 반복이었다.

실패 속에서 가능성을 찾아냈다. 키는 백회와 선기혈이었다. 곰곰이 보니 선기혈의 반응이 가장 약했다. 백회, 용천혈과 함께 천지인(天地人)을 이루는 혈자리. 백회는 환자가 남자라 양의 기가 더 필요했고, 선기혈은 인의 역할이다 보니 더 많은 기혈이 필요해 전체 경락의 반응 시동에 실패하는 것 같았다.

삼향자침.

두 개의 침을 선기혈 자리에 더 넣었다. 천지인에 맞춘 포석이었다.

일곱 번째.

선기혈 안에 들었다고 회자되는 북두칠성. 그 안에 불이 들어왔다. 마침내 각 경락의 시작과 끝에 오롯한 정기가 맺히기 시작했다.

후웅!

신성한 빛이 연결되기 시작했다. 진홍을 머금은 푸른 정기는 물결처럼 경락을 물들여 나갔다.

'아아……'

윤도는 그 빛에 홀려 넋을 놓았다. 윤도만 볼 수 있는 열, 인간의 정기. 새로 피어난 정기가 찌들고 오염된 HIV의 사기를 밀어내기 시작한 것이다.

"선생님."

주목하던 첸슈에센이 마롱을 건드렸다. 의서를 보던 마롱이 고개를 들었다.

"……"

마롱은 들고 있던 의서를 떨구고 말았다.

'이거……'

머릿속이 금세 아뜩해져 버렸다. 분위기만 봐도 알 수 있었다. 무엇이 어떻게 돌아가고 있는 건지.

두 바퀴…….

세 바퀴…….

윤도는 새로운 면역 정기가 환자의 몸을 휘도는 걸 보았다. 첫 바퀴에서 남은 오염 찌꺼기는 두 번째에 쓸려 나갔다. 그때까지 남은 건 세 번째에 밀렸다. 시들고 상한 풀잎처럼 악취를 풍기던 환자의 경락에 새 빛이 들기 시작했다. 이제는 더없이 숭고한 빛이었다. 생명의 신비, 새롭게 감도는 면역의 빛은 마치 새벽하늘의 북두칠성처럼 고고하면서도 단아해 보였다.

경락의 빛은 이내 오장육부로 스며들었다. 오장육부 안에서 새 빛을 피우고 근육과 피부로 퍼졌다. 환자의 피부에 있던 반점들이 마르고 말라 딱지로 떨어졌다.

"......!"

말은 하지 않았다. 윤도도 그랬고 옆으로 다가온 두 중의도 그랬다. 언어 대신 나온 건 은은한 미소였다. 첫 미소는 환자의 입이었다. 육신의 변화를 느낀 것이다. 그걸 본 마롱이 웃었다. 첸슈에센도 웃었다.

윤도는 웃음인 듯 아닌 듯 기묘한 경계에 있었다. 미소에 담긴 경건함 때문이다.

HIV.

경락을 장악한 사기를 밀어내고 새 면역의 정기로 갈아치운 윤도. 그것은 또 하나의 창조였다. 그렇기에 선 채로 오래 움직이지 않았다. 마침내 또 하나의 쾌거를 올린 것이다.

"좀 쉬어야겠습니다. 환자는 안정을 취하게 그냥 두세요."

윤도의 입에서 목소리가 나왔다. 침에다 열정을 다 쏟은 까닭에 지치고 또 지친 목소리였다.

방으로 돌아와 깜빡 잠이 들었다. 꿈을 꾸었다. 그 꿈에 중국의 명의들을 만났다. 유부, 화완, 편작에 창공이었다. 잠시 환대하던 그들의 모습이 마물로 바뀌었다. 마물들이 장침을 꺼내 들었다. 윤도 몸에 오장직자침을 놓았다. 살리는 침이 아니라 엉망으로 찔러대는 침이었다. 윤도는 오장육부가 터지고 말았다.

"살려주세요."

버둥거리다 잠에서 깨었다.

"채 선생님."

첸슈에셴이 방문을 두드린 것이다.

'꿈이었네.'

안도의 숨을 쉬며 윤도가 일어섰다.

"무슨 일이죠?"

문을 열고 물었다.

"이거……"

첸슈에셴이 뭔가를 내밀었다. HIV 퀵 테스트 키트였다.

"……!"

그걸 본 윤도의 눈에 불꽃이 튀었다. 가운을 집어 들고 뛰었다. 환자가 일어나 있었다. 마룽도 그 앞에 있었다. 분위기는 다시 초상집이었다.

"언제 한 겁니까?"

윤도가 첸슈에셴에게 물었다.

"조금 전에……"

다시 HIV 키트를 확인시키는 첸슈에셴. 거기 보이는 줄은 명백히 두 줄이었다. 두 줄. 그렇다면 양성이었다. HIV 감염자라는 뜻이다.

"또 있죠?"

"여기……."

윤도가 묻자 첸슈에센이 새로운 키트를 내주었다. 윤도가 환자의 손끝을 천자해 미량의 혈액을 뽑았다. 혈액은 키트의 동그란 구멍에 떨어졌다. 그 위로 반응 시약 네 방울이 떨어졌다. 시침할 때보다 더 떨렸다.

20분.

키트의 반응 시간이다. 안에 숨은 건 세 줄의 레드 라인. 앞쪽 두 개의 줄은 HIV의 타입을 보는 줄. 어느 줄이 나오든 HIV 감염이다. 맨 뒤의 한 줄은 대조용 줄이다. 그러니까 맨 뒤의 한 줄만 나오면 정상이오, 첸슈에센이 가져온 것처럼 두 줄이면 치료 실패였다.

5분…….

곧바로 첫 줄에 레드 라인이 나왔다. 20분을 기다릴 것도 없이 양성 판정이다.

"……!"

1㎝도 되지 않는 붉은 줄 하나가 윤도를 무너뜨렸다. 사력을 다한 치료였다. 성공한 것으로 확신한 치료였다. 그런데…….

'안 되는 걸까, HIV는?'

머릿속이 하얗게 변했다.

"허무하군요. 우리도 성공한 줄 알았는데……."

마롱이 입을 열었다.

"다른 방법은 없는 겁니까?"

환자의 질문에도 맥이 없었다.

"……."

"내 생각이지만 아무래도 탕약이 너무 약했던 것 아니오? 곽향정기산과 사물탕으로는… 물론 다른 비방을 넣은 것도 같소만……."

다른 비방.

마롱의 분석은 정확했다. 곽향정기산은 음양의 균형을 맞추는 기본 탕제. 애당초 기본으로 출발한 치료 계획이지만 비장의 첨가는 당연한 일이었다. 그 비방은 제대로 먹혔다. 그렇기에 음양의 균형이 맞으면서 전신 경락을 조절하는 바탕이 된 것이다.

두 개의 비방은 진기와 영약이었다.

진기는 흔한 것에서 얻은 보물이었으니 죽물의 진액이었다. 죽물은 죽이나 밥을 지을 때 마지막에 생기는 끈적끈적한 물을 뜻한다. 보기에는 우습지만 음식으로 보충할 수 있는 정(精)의 결정체이다. 환자가 성에 문란했다는 말에서 착안했다. 정은 정수(精髓), 정기(精氣), 정액(精液)에 고루 쓰이는 보물이다. 정(精)이 우뚝하면 기(氣)가 강해지고, 기가 강해지면 신(神)이 왕성하고,

신(神)이 왕성하면 몸이 건강해져 병들지 않는 것이다.

영약은 산해경 서산경의 화목에서 얻었다. 먹으면 힘이 세어지니 그 또한 정기의 바탕이 될 약재였다.

"탕제의 바탕은 기본이었지만 그 기본 안에는 사승정쇠(邪勝正衰)를 정승사퇴(正勝邪退)로 바꿔줄 비방이 들어 있었습니다. 겉만 화려한 약재보다 내실 있는 것이었으니 탕제를 탓할 게 못 됩니다."

윤도가 잘라 말했다.

마롱은 입을 다물었다. 지금까지의 진행으로 보아 의심할 여지가 없는 대답이다. 단지 뒤집힌 기대감에 대한 마롱의 미련이었을 뿐.

'후우!'

윤도 입에서 한숨이 밀려 나왔다. 깊은 공을 들인 쾌거가 키트 두 개에서 날아가 버렸다. 경락의 신비까지 무력화시키는 키트의 결과.

그런데…….

'응?'

두 키트를 보던 윤도가 시선을 멈췄다. 키트가 조금 달라 보였다. 결과로 나온 붉은 라인이 그랬다. 첸슈에센이 가져온 반응의 레드 라인이 훨씬 더 강했다. 그에 비하면 윤도가 한 테스트 쪽은 상당히 약해 보였다.

'혹시?'

윤도의 시선이 환자에게 옮겨갔다.

"지금 기분이 어떠십니까?"

"예?"

"몸 상태 말입니다. 아까하고 비교해서요."

"별 차이는 없습니다."

"피곤하세요?"

"아뇨. 몸 상태는 더 좋은 거 같습니다."

"미안하지만 이 검사, 한 번만 더 해봐도 될까요?"

윤도가 키트를 들어 보였다.

"채 선생."

마룽이 고개를 저었다. 두 번이나 확인한 결과. 더 미련을 갖는다는 건 환자에 대한 확인 사살에 불과했다.

"딱 한 번만요. 뭔가 걸리는 게 있어서 그렇습니다."

"걸리다뇨?"

"이 키트 말입니다. 라인의 색깔 선명도가 다르지 않습니까? 이 키트의 전문가는 아니지만 뭔가 변수가 있는 것 같아서 그렇습니다."

"변수?"

"한 번입니다. 장침 한 대 더 맞는다고 생각하세요."

"회장님."

마롱이 환자의 허락을 구했다. 환자는 한숨을 쉬더니 마지
못해 손을 내주었다. 그런데…….

"아야!"

천자를 하는 사이 환자가 손을 뿌리쳤다. 천자 도구는 란셋
이었다. 장침이 아니다 보니 아프지 않게 찌를 재주가 없었다.
거기에 기대감이 사라진 환자의 심리도 한몫을 했다. 그게 사
고로 이어졌다. 환자의 손이 빠지면서 란셋이 윤도 왼손 엄지
를 스치고 말았다. 이미 환자의 손가락을 찌르고 나온 란셋이
다.

"……!"

한순간 실내에 경악이 흘렀다.

HIV.

의료진도 심심찮게 감염된다. 바로 이런 과정 때문이다. 수
혈이나 혈액 채취, 혹은 주사를 놓다가 바늘에 찔리는 것이다.

바로 소독 솜으로 닦았다. 상처는 그리 크지 않았다. 일단
은 환자의 검사부터 진행했다. 키트에 반응 시약을 떨구었다.
그런 다음 한 번 더 손가락 소독을 했다.

"괜찮습니까?"

첸슈에셴이 물었다.

"아, 예……."

윤도가 손가락을 숨겼다. 엄지손톱 옆으로 긁힌 상처에서

피가 배어나오고 있었다. 병원이라면 응급약이 있다. 하지만 작은 자상이니 헬기를 내달라고 말하기도 애매했다.

그사이에 10분이 흘러버렸다. 윤도는 소독 솜을 누른 채 키트를 확인했다.

"......!"

아직까지는 줄이 나오지 않았다.

15분.

여전히 양성의 레드 라인은 출몰 미정.

16분, 17분......

윤도의 피가 타들어갔다. 남은 3분이 하루처럼 길었다. 이대로 레드 라인이 나오지 않으면 치료는 성공이었다. 윤도의 찔린 손가락도 걱정하지 않아도 되었다.

19분.

이제 키트에는 완전한 한 줄이 우뚝 서 있다. 대조 라인이다.

20분.

"한 줄입니다!"

초침까지 재고 있던 첸슈에센이 먼저 소리쳤다.

"뭐라고?"

마롱이 다가왔다.

"맙소사!"

그가 경기를 했다.

"……!"

키트를 확인한 환자도 부들거렸다.

"방금 전에는 미안하게 되었습니다. 한 번 더 부탁합니다."

환자가 다시 손을 내밀었다. 키트에 혈액과 반응 시약이 떨어졌다. 다시 20분이 지났다. 이번에도 HIV는 나오지 않았다.

"으아아!"

환자가 두 팔을 뻗으며 환호했다.

"회장님!"

"이게 꿈입니까, 생시입니까? HIV가 사라졌어요!"

"회장님……."

"채 선생님."

환자는 단숨에 침대에서 내려섰다. 그런 다음 윤도를 부여안고 목이 터져라 외쳤다.

"고맙습니다! 당신이 해냈습니다! 내 몸 안의 악마 HIV를 해치웠다고요!"

"으하핫, 하하핫!"

신이 난 환자가 달려 나갔다. 그는 문 앞의 여자를 안은 채 풀장으로 뛰어들었다.

"아하하핫!"

풀장 안에서도 여자를 안고 웃었다. 그 웃음은 그치지도 않았다.

"채윤도 선생님."

풀장에서 나온 환자가 윤도와 독대를 했다.

"예."

"고맙습니다."

"별말씀을……. HIV를 잡기는 했지만 정밀 검사는 아닙니다. 정밀 검사 후에도 치료를 더 해야 하고요. 어떻게 보면 지금부터가 중요합니다. 새 면역력에 바뀐 정기라 안정될 시간이 필요하거든요."

"상관없습니다. 뭐든 따르겠습니다."

"그렇잖아도 주문이 있습니다."

"말씀하시죠."

"이제부터는 정기 남발 금지입니다."

"예?"

윤도의 말에 환자의 표정이 굳었다.

"정기 남발 금지. 즉 문란한 성생활을 금하라는 겁니다."

"선생님……."

"지금 상태는 겨우 정기에 싹이 튼 정도에 불과합니다. 다시 정이 고갈된다면 그때는 HIV가 아니라 감기만 걸려도 위험하게 될 겁니다."

"문란한 성생활 금지라……."

"회장님의 경우는 아니겠지만 다른 환자의 경우 병이 나으면 성생활부터 원 없이 하려는 사람이 있습니다. 보아하니 회장님의 경우라면 파트너를 구하는 데 어려움도 없을 것 같고……."

"푸하하핫!"

듣고 있던 환자가 파안대소했다.

"채 선생님."

"……."

"제가 HIV로 죽음의 목전에서 서성이며 한 생각이 뭔지 압니까?"

"……."

"가위로 성기를 잘라 버리는 것이었습니다. 이놈 때문에 결국 인생을 망쳤으니까요."

"……."

"솔직히 한창때는 여자에 묻혀 살았습니다. 하루 동안 네 여자를 바꿔가며 탐닉한 적도 있으니까요."

"……."

"보시다시피… 제 얼굴… 아, 이 얼굴은……."

"안면 피부 이식이죠?"

"알아채셨군요? 역시……."

"……."

"이 피부 아래의 얼굴은 정말이지 추남입니다. 자라면서 여자들에게 멸시를 많이 받았죠. 사업에 성공하자 반전이 일어나더군요. 어릴 때 저를 놀리던 여자들이 전부 꼬리를 치는 겁니다. 말 한마디면 속옷을 벗더군요. 유치한 복수심처럼 여자를 후렸습니다. 잘난 여자들이 내 아래에서 교태를 부리는 모습. 그만한 쾌감도 없었습니다. 국적도 가리지 않았죠. 미국, 러시아, 중국, 한국, 일본, 북한……. 여자는 많고 정력제도 많았죠. 그 어떤 희귀 약재도 돈이면 안 되는 게 없었으니까요."

"……."

"하지만 너무 나갔습니다. 나름 조심했지만 결국 천형의 틀을 쓰고 말았어요. 경영의 도는 알면서 탐욕의 말로는 몰랐던 거죠. 뭐든 지나치면 독이 된다는 평범한 진리… 그때… 저 HIV 검사 키트… 세 시간에 한 번씩 검사해 본 적도 있습니다. 제발 한 줄이 나오기를 바라며……."

"……."

"앞으로는 여체 탐닉 같은 건 하지 않을 겁니다. 맹세합니다."

"잘 생각하셨습니다."

"이유가 있습니다."

"이유?"

"사실 제가 HIV에 걸린 사실을 아는 사람은 많지 않습니다. 회사의 경영을 위해서도 보안을 유지했고 치료도 믿을 수 있는 마롱 선생님을 통해서만 받았으니까요."

"……"

"물론 비밀이 영원하지는 않았습니다. 결국 새어 나가는 바람에 얼마 전부터 홍콩 언론을 시작으로 제 HIV 감염 사실이 공공연히 떠돌고 있습니다. 궁여지책 끝에 소문을 낸 홍콩 언론사와 제 경쟁사 대표를 상대로 소송을 제기해 두었습니다만……"

"……"

"이제는 전화위복이 되었군요. 선생님 덕분에 공개 검사를 받아도 되게 되었으니까요."

"예……"

"하지만 그런 위기가 사방에서 옥죄어올 때는 정말 아찔했습니다. 상하이의 저희 본사 88층 집무실의 방화 창문을 연 적도 있으니까요."

'방화 창문?'

"투신 말입니다. 하지만 뛰어내리지 못했습니다. 그렇게 죽으면 제 HIV가 알려져 애써 키운 회사가 곤경에 처하고 제 부모님 얼굴에도 먹칠을 할까 두려웠습니다만, 그보다 또 다른 이유가 있었지요."

또 다른 이유.

그 단어에 힘이 들어갔다.

"시라!"

환자가 문을 향해 말했다. 여자가 들어왔다. 커플처럼 서 있던 그 여자였다.

"제가 사랑하는 시라입니다. 채 선생님처럼 한국 피죠. 아버지는 홍콩 사업가, 어머니는 한국 간호사."

"안녕하세요?"

여자가 인사를 해왔다.

"시라에게는 미안하지만 이제는 다 아는 사실이니… 사실 시라를 만나기 전에 저는 백 명도 넘는 여자를 만났습니다. 모두 하룻밤의 낭만인 경우가 많았죠. 그 백여 명 중에 제 마음에 남은 여자가 바로 시라입니다."

"……"

"하지만 공교롭게도 저는 시라에게 몹쓸 정표를 나눠주고 말았습니다. HIV 감염을 안 후에 시라에게도 검사를 권했더니……"

쌍방 감염.

환자의 설명은 그것이었다.

"미안한 마음에 돈을 주었습니다. 상하이 중심가에 평범한 빌딩 한 채 마련하고 평생 이자로 먹고살 정도는 되었죠. 그런데 시라는 받지 않았습니다. 돈 때문에 저를 만난 건 아니라고 하면서……."

"……."

"방화 창문을 열었을 때 그녀가 말하더군요. 당신, 기업의 위기는 몇 번이나 넘겼으면서 건강의 위기는 한 번도 못 넘기냐고."

"……."

"그 말에 불이 번쩍 들어오더군요. 창을 닫고 결심했습니다. 그래, 그 말이 맞다. 한 번 정도는 내 병을 고쳐줄 운명을 만날 수 있겠지. 내가 살면 시라도 살릴 수 있는 거야."

시라도 살릴 수 있는 거야.

환자가 강조한 점이다.

"이제 짐작이 가십니까?"

"그럼?"

"맞습니다. 제가 목숨을 부지하며 HIV를 고칠 명의를 찾은 건 저 자신의 문제도 있지만 시라 때문이었습니다. 그날 방화 창문으로 뛰어내렸다고 생각하고 이를 문 거죠. 그때부터 마롱 박사님에게 본격 치료를 받으며 비밀리에 수소문을 해왔습니다. 저 자신을 실험물로 삼아 시라에게 구원을 주고 싶었던 거죠."

'맙소사.'

윤도가 휘청 흔들렸다. 자신을 내세워 연인을 치료해 줄 의사를 찾아 나선 거라니…….

"쉿, 시라의 일은 저 밖에 있는 마롱 선생님도 모르는 사실입니다."

"……!"

"채윤도 선생님."

환자가 윤도의 손을 잡았다.

"부탁합니다. 제 몸의 정기를 다시 뽑아도 좋습니다. 제 피를 모두 빼서 우리 시라에게 주어도 좋습니다. 제가 아니라 시라를 부탁합니다. 시라까지 새 삶을 얻게 된다면 앞으로는 기업의 이윤을 사회 환원과 기부로 돌리며 살아갈 겁니다. 그리고 제 일은 몰라도 시라의 일만은 비밀로 부탁합니다."

환자가 고개를 숙였다. 지상 최고의 겸허와 염원이 그의 목소리와 눈에서 빛나는 순간이었다.

"……."

"선생님."

"그렇게 하죠."

윤도가 답했다. 환자가 윤도의 두 손을 잡았다. 애절함이 밴 손길이다.

"오장육부의 기를 양생해야 합니다. 침이 끝나기 전에 누구도 방해하지 말아주세요."

거실로 나온 윤도가 두 중의에게 엄숙히 선언했다.

"보조는 시라가 할 겁니다. 채 선생님 말에 무조건 따라주세요."

환자의 엄명도 뒤를 이었다.

추가 치료.

출입 금지.

환자의 방은 안으로 잠겼다.

진맥을 했다. 다행히 여자는 합병증의 초기였다. 그렇기에 몇 개의 발진 외에는 드러난 게 없었다. 발진도 작아 흔한 피부병으로 보일 정도였다.

사락!

그녀가 옷을 벗었다. 하체의 속옷만 남기고 전부 벗었다. 여자의 몸매는 야위어 있었다. 전체 살집으로 보아 건강을 되찾아도 조각 몸매와는 거리가 있었다. 그럼에도 남자의 마음을 산 걸 보면 사랑은 마음이라는 게 옳은 것 같았다.

'출발.'

이미 한 번 넘은 불가능의 벽, 두 번이라고 망설일 이유는 없었다. 윤도의 손은 더욱 익숙하게 움직였다. 손끝의 감이 사라지기 전이다. 환자는 처음부터 끝까지 윤도를 보조했다.

보아하니 중국 최고 갑부의 한 사람. 그러나 죽음의 사선을 넘어온 그에게 사치나 오만 같은 건 엿보이지 않았다. 진심으로 연인을 간호하는 순애보의 남자일 뿐.

치료가 끝났다. 남자와 다른 건 경락의 포인트가 용천혈과 선기혈이라는 점이다. 용천혈은 천지인에서 지(地)의 역할. 땅은 음이니 남자와 다른 맥락이다.

포인트를 잡은 윤도의 침 끝이 정밀하게 돌았다.

그 순애보는 HIV 키트에서 보상을 받았다. 그녀 역시 처음에는 양성이 나왔다. 두 줄이었다. 그러나 다음에 시도한 키트는 한 줄이 나왔다. 그녀의 HIV도 해치운 윤도였다.

"시라!"

"징팅!"

두 연인은 감격에 겨워 포옹을 했다. 바이징팅 회장. 그는 그렇게 자기 여자의 프라이드를 지켜주었다. 탐닉 속에서 진짜 여자의 가치를 깨달은 것이다.

윤도가 채혈을 했다. 이번에는 장침이 아니라 주사기였다. 샘플은 가까운 검사센터로 급행으로 보내졌다. HIV 응급 혈청 검사 의뢰였다. 퀵 테스트는 빠르고 간편한 게 장점이다. 하지만 정밀도는 혈청 검사에 미칠 수 없었다. 원래는 일정 샘플을 모아 검사하는 혈청 테스트. 하지만 바이징팅은 돈으로 시간을 당겼다.

다라라랑.

두어 시간 후에 바이징팅의 전화기가 울렸다. 전화를 받은 그의 표정이 환해졌다.

―HIV 항체 검사 음성.

―형광검사법 음성.

―Western blotting 음성.

Western blot은 핵심 반응 단백질로 꼽히는 p24, p31, gp41, gp120, gp160 등이 모두 음성이었다. 시라의 혈청도 그렇게 나왔다. 이제는 일말의 의심도 가질 필요가 없었다.

HIV에서의 해방.

목숨 세이브.

바이징팅은 격한 기쁨을 달래며 시라를 껴안았다. 마룽과 첸슈에셴이 박수를 보냈다. 그 박수는 바이징팅에게 보내는 것이었다. 그들은 여전히 시라의 감염 사실을 알지 못했다.

"직접 보고도 믿기지가 않는군요. 정말 대단합니다."

바이징팅이 자리를 비운 사이 마룽이 말했다. 윤도를 보는 눈은 경탄 그 자체였다.

"환자의 의지가 강했습니다. 그게 정기를 되찾게 만든 거죠."

윤도는 겸손하게 응수했다.

잠시 후 돌아온 바이징팅, 윤도와 두 중의를 불렀다.

"세 분 모두 고맙습니다. 이제 제가 새 삶을 찾았기에 여러분을 증인으로 두고 시라에게 청혼을 하려 합니다. 증인이 되어주시겠습니까?"

"……!"

바이징팅 때문에 윤도와 두 중의가 얼어붙었다. 그의 손에 들린 노란 꽃 때문이다. 그건 제주도에 많은 천년초였다. 바이징팅은 천문학적인 갑부. 그런데 청혼의 징표는……?

"사실 그동안 여자 하나 꼬시면서 빌딩을 준 적도 있습니다. 하지만 그런 건 다 허상이죠. 이 제주도에서 삶이 새로 났으니 제주도의 정기를 머금은 이 꽃이 제격이라고 생각합니다. 우리 관리인에게 물었더니 이름이 천년초라고 해요. 천 년을 살 수야 없지만 천 년의 사랑을 주려는 각오로……."

"……."

소박한 자세에 또 한 번 넋이 나가는 세 사람.

안에서 시라가 불려 나왔다. 그 앞에 천년초의 노란 꽃을 바쳤다.

"나랑 결혼해 주겠어?"

바이징팅이 꽃을 들어 보였다. 시라는 거침없이 바이징팅의 품에 안겼다. 윤도와 두 중의는 또 한 번 압도되고 말았다.

"수표 받으셨죠?"

고백을 끝낸 바이징팅이 윤도에게 물었다.

"예."

"액수, 부담 갖지 말고 많이 써넣으십시오."

바이징팅이 비로소 자신의 신분을 공개했다. 그는 상상 너머의 거부였다. 그는 바로 중국 최대의 IT 그룹이자 온라인 게임 유통의 1위 업체 쥐리(ㅌ刀)의 회장이었다. 중국 내 방송국과 연예 엔터테인먼트 사업, 모델 사업체도 거느리고 있었다. 그의 기업 하나는 뉴욕증권거래소에 상장되었고 한국에도 합작 회사가 둘이나 있었다. 개인 재산이 약 900억 위안으로 평가받는 거물. 우리 돈으로 대략 12조 원대의 SSS급 갑부였다.

HIV에 대한 비밀 엄수.

그런 옵션은 나오지 않았다.

"이제는 소문이 꼬리를 물어 주체할 수도 없을 정도니까요."

바이징팅은 화끈했다. 홍콩을 시작으로 제기된 그의 HIV 감염 소문. 이미 중국 전역에 나도는 소문이니 윤도가 가세한다고 해도 상관없다는 쪽이었다. 그는 이제 공개 검사에 응해 소문을 퍼뜨린 정적들을 박살 낼 생각이다. 그러니 윤도의 치료 소문이 난다 해도 많은 소문의 하나로 묻어갈 거라고 판단한 것이다.

"다른 건 몰라도 제 걱정은 마십시오. 환자가 원하지 않는 한 비밀은 무덤까지 가져갑니다."

윤도가 단언했다.

백지수표의 서명은 나중으로 미뤘다. 환자 앞에서 금액을 적기는 마땅치 않았다. 대신 다른 부탁을 내놓았다. 헬기와 비행기 표였다.

"걱정 마십시오."

바이징팅이 그 자리에서 핸드폰을 잡았다. 헬기 조종사가 바로 호출되었고 비행기 표는 기다림 없이 이어지는 예약이었다.

"중국으로 한번 초대하겠습니다."

정원으로 나온 바이징팅이 웃었다.

"그러세요. 대신 보내 드릴 약은 잘 챙겨 드시고요."

"그럼요. 이제부터 선생님 탕약이 제 생활의 1번입니다."

"1번은 시라 씨 아닌가요?"

윤도가 나지막이 말했다.

"하핫, 그렇군요. 그럼 2번입니다."

바이징팅이 호방하게 웃었다.

"도울 일이 있으면 뭐든 연락하십시오. 제 목숨이 살아 있는 한 선생님을 잊지 않고 있을 테니까요."

"저도요."

두 연인은 윤도가 올 때처럼 함께였다. 변한 건 생기였다. 마른 나무 같던 두 사람. 이제는 봄살이 오르는 수양버들처럼 푸른 생기가 돌고 있었다.

"채 선생님."

첸슈에센과 마룽도 아쉬운 표정을 지었다.

"덕분에 생의 끝자락에서 눈이 호강했습니다. 침술은 한국이 원류라더니 인정합니다."

마롱이 고개를 끄덕였다.

"저도 덕분에 좋은 경험 했습니다."

"중국에 한번 오세요. 돌아가면 제가 저희 병원에 청해서 강연이라도 한번 잡도록 하겠습니다."

첸슈에셴도 아쉬운 표정을 지었다.

"말만 들어도 영광입니다."

인사를 남기고 헬기에 올랐다. 네 사람은 헬기가 바다를 끼고 멀어질 때까지 자리를 뜨지 않았다.

"수고하셨습니다, 선생님."

바이징팅이 마롱에게 인사를 전했다.

"별말씀을. 너무 늦지 않게 명의를 만나 다행입니다."

"늦기는 했죠. 하지만 진짜 명의라 목숨을 건진 것 같습니다."

"그러고 보면 한국 땅이 참 신기하죠? 이 작은 나라에 저런 인물이라니… 역사를 두고두고 생각해도 늘 그랬습니다."

"특별한 사람들이지요. 저력이 가득한……."

"그거 아직도 들고 있나?"

마롱의 시선이 첸슈에셴에게 돌아갔다. 손에 들린 탕제 봉지 때문이다.

"이거… 본국에 돌아가 분석해 보고 싶다고 하지 않으셨습니까?"

"아니, 생각이 바뀌었네."

"예?"

"어쩌면 그 비방은 우리 손에서 해결되지 않을 걸세. 그냥 여기다 회장님의 전설로 남겨두고 가자고."

"그럴까요?"

첸슈에셴의 손이 약 봉지를 놓았다.

고오오오!

윤도의 비행기가 이륙했다. 좌석에서 윤도는 또 한 번 놀라고 말았다. 통 큰 바이징팅, 윤도의 좌석을 1등석으로 준비했다. 놀라운 건 그 라인의 네 좌석을 몽땅 샀다는 것. 윤도의 쾌적한 귀가를 위한 배려였다.

HIV.

비행기 안에서 치료 과정을 메모했다. 혈자리와 약침의 반응도 적었다. PDA를 가방에 넣으려던 윤도, 두 눈에 봉투가 들어왔다.

백지수표.

얼마를 적는다?

1억?

10억?

치료비는 늘 뜨거운 감자였다.

문득 풍용푸드의 지창용 회장이 떠올랐다. 윤도가 살려준 그의 마지막 하루. 그때 풍용푸드의 경영진은 지창용 회장의 하루가 3억 5천만 원쯤 된다고 뽑아낸 적이 있다. 한국의 대표적인 기업 수장이라지만 바이징팅에 비하면 새 발의 피에 불과한 재산.

그렇다면 바이징팅의 하루는 얼마일까?

앞으로 30년 정도 산다고 생각하면 얼마일까?

그의 여자 시라의 계산은 또 어떻게 해야 할까?

그러다 보니 이 일의 단초가 된 스떼빤이 떠올랐다. 그도 TS전자에서 백지수표를 받았다. 그는 얼마를 적었을까?

50억?

100억?

"풋!"

그냥 웃음이 나왔다. 풍용푸드 지상윤에게 견적을 부탁해 볼까? 아니면 스떼빤에게 슬쩍 심정을 물어볼까? 그것도 아니면 부용에게?

아, 이런 건 역시 윤도의 스타일이 아니었다.

'언젠가 꼭 적어야 하는 날 기분 내키는 대로.'

윤도의 결론이다.

5. 은백, 양릉천, 삼음교를
어디에 쓸고 하니

"콜록콜록!"

입국장에 들어서자 여기저기에서 기침 소리가 들렸다.

"온 세계가 독감으로 몸살을 앓고 있습니다. 어제까지 베이징에서 숨진 어린이가 100여 명에 달하고 영국과 미국에서도 각각 80명과 32명의 어린이가 목숨을 잃었습니다. 이번 독감은 변종이 많은 A형 H3N2로 이례적으로 기승을 부리며……."

"콜록!"

엄마의 손을 잡은 여자아이가 윤도의 옆에서 기침을 심하게 하며 주저앉았다. 젊은 엄마는 아이를 잡고 어쩔 줄을 몰라 했다.

"제가 한의사인데 잠깐 봐드려도 될까요?"

"어머, 그래주시겠어요?"

"어디 보자……."

윤도가 아이의 이마를 짚었다. 열이 제대로 오르고 있었다.

"예방주사를 맞았는데도……."

아이 엄마는 울상이 되었다. 아이가 아프면 엄마는 더 아
프다. 장침을 쓸 수 있는 상황이 아니기에 아이를 돌려세웠다.
그 자리에서 뒷목의 풍부혈과 풍지혈을 몇 번 눌러주었다.

"콜……."

몰아치던 아이의 기침이 멈췄다.

"어머!"

"기침은 잡았습니다. 집에 가시면 가까운 병원에 가세요."

"고맙습니다. 고맙습니다."

아이 엄마는 몇 번이고 고개를 숙였다.

"어머, 저 사람 채윤도야."

그때 뒷줄의 여학생들이 윤도를 알아보았다. 윤도는 가벼운
눈인사를 나누고 밖으로 나왔다.

"원장님!"

공항에는 진경태가 나와 있었다.

"모시겠습니다."

진경태가 키를 흔들어 보였다. 윤도의 스포츠카였다.

"그럼 미안한데……."

"아, 그래야 저도 스포츠카 좀 몰아보죠. 저번에도 그랬지만 액셀러레이터 밟는 맛이 기가 막히던데요? 마치 약성 밍밍한 대량 생산 약재만 만지다 야생 대물 한약재 냄새 맡는 느낌입니다."

"그럼 신세 좀 질까요?"

윤도가 조수석에 올랐다.

"가신 치료는 당연히 성공?"

진경태가 시동을 걸며 물었다.

"당연히는 아니지만 성공이에요."

"그럴 줄 알았습니다. 축하합니다."

"아저씨가 따온 버섯들이 큰 도움이 됐습니다."

"말이라도 고맙지만 구슬이 서 말이라도 꿰어야 보배 아닙니까? 그 약을 명약으로 살릴 수 있는 건 원장님 명침뿐입니다."

"그런가요?"

"이거 드시고 한잠 자세요. 보아하니 잘 것 다 자고 치료하지는 않으셨을 테고……."

진경태가 한방 진액 한 봉지를 내밀었다. 그걸 마시고 눈을 감았다. 꿀잠이 밀려왔다.

"……!"

눈을 떴을 때 그 앞에 보인 건 승주였다. 어느새 한의원 앞이었다.

"다 왔습니다."

진경태가 웃었다.

"예약 환자는?"

복도를 걸으며 상황을 물었다.

"숨부터 돌리세요."

"괜찮아. 기다리는 분 계시면 모셔."

"그보다 손님이 다녀갔어요."

"손님?"

원장실에 들어선 윤도가 돌아보았다.

"그 노숙자분."

"아, 노윤병 선생?"

"한참 기다리시다가… 이거 전해 드리라고……."

승주가 박스를 내밀었다. 안에 든 건 신형 나노 침이었다. 미국의 공학자에게 부탁한다더니 도착한 모양이다. 바로 감사 전화를 걸었다.

"노 선생님, 왔다 가셨다고요?"

—아, 예. 지나는 길에 잠깐…….

"제가 지방 왕진이 있어서요. 나노 침은 잘 쓰겠습니다. 비용은 어떻게 할까요?"

―비용이라뇨? 그 친구가 평생이라도 만들어준다고 했으니
그냥 쓰셔도 됩니다.

"그래도 미안하잖아요."

―미안한 건 접니다. 요즘 좋아서 잠도 제대로 못 자고 있
습니다.

노윤병의 목소리는 들떠 있었다. 이제 곧 한의대 편입을 하
게 될 노윤병. 틈나는 대로 도서관에서 한의서로 공부한다고
했다.

"그럼 다음에 오시면 제가 백회혈에 침 하나 놓아드릴게요.
머리에 기 좀 넣어야죠. 밥도 한 끼 대접하고요."

―좋죠. 아무튼 빨리 끊고 진료하세요. 아까 보니까 기침하
는 꼬마 환자들이 많던데……

눈치 빠른 노윤병이 전화를 끊었다.

"독감 환자들 많이 왔어?"

윤도가 가운을 입으며 물었다.

"네. 좀 심한 경우만 받고 있는데도……"

"그럼 막간을 이용해서 아이들부터 들여보내. 아이들은 오
래 참지 못하니까."

"네."

윤도는 또다시 진료를 시작했다. 독감 어린이 네 명에게 시

침을 했다. 심하지 않은 환자는 기죽마혈로 잡았고 조금 진행된 경우는 신주혈과 명문혈에 폐수, 격수혈을 더해 회복을 도왔다.

"고맙습니다, 한의사 선생님."

기침이 멎은 꼬마 환자들이 배꼽인사를 했다. 피로가 확 풀려 나갔다.

숨을 돌리고 예약 환자를 받았다.

서른두 살의 진애선. 여자였다.

"안녕하세요?"

인사하는 여자의 목소리가 밝았다. 미인은 아니지만 인상이 좋았다. 몸매는 더 좋았다.

"어디가 불편하세요?"

윤도가 문진을 시작했다.

"월경이 좀 문제인 거 같아서요."

대답을 하면서도 환자는 연신 눈웃음을 쳤다.

"어떻게 문제죠?"

"이게… 갑자기 피가 산더미처럼 쏟아지더라고요. 놀라서 죽는 줄 알았어요."

산더미 같은 월경? 그렇다면 월경보다 붕루 쪽이 의심되었다.

"지금은요?"

"아직도 멈추지 않고 있어요. 많이 쏟아질 때보다는 줄었지만⋯⋯."

"진맥 좀 할까요?"

윤도가 말하자 여자가 손을 내주었다. 맥을 잡는 순간, 여자의 몸이 꿈틀 반응했다. 긴장이 아니라 남자를 느끼는 반응. 윤도는 아는 척하지 않았다.

"⋯⋯!"

맥을 잡은 윤도의 표정이 조금씩 굳어갔다.

붕루가 맞았다.

붕루.

갑자기 대량의 피가 나오는 자궁 출혈을 이른다. 그 종류는 아홉 가지가 꼽힌다. 붕루에 대한 기억은 광희한방대학병원 연수의 경험이 강력했다. 특급초밥요리사 유수미. 그녀의 붕루 탓에 제대로 긴장한 윤도였다. 하지만 이번 붕루는 그것과 판이하게 달랐다.

"피가 섞인 소변도 보이죠?"

"그런 거 같아요."

"혹시 결혼하셨나요?"

"아뇨. 싱글이에요."

"예⋯⋯."

윤도가 고개를 끄덕거렸다. 싱글에 붕루. 우려하던 그 붕루가 맞았다. 다시 진맥을 계속했다. 맥으로 심포의 정보를 받았다. 심포가 상해 있었다. 그것도 많이.

심포는 심장을 싸고 있는 막이다. 학자에 따라 견해가 다르지만 형체 없이 심장을 보조하는 기능만 지녔다고 본다. '심보가 고약해'라고 말할 때의 그 심보가 심포이다.

꿈틀.

몇 군데 혈자리를 확인하자 그때마다 여자가 움츠렸다.

잠시 잊고 있던 바이징팅이 떠올랐다. 그는 정욕의 노예였다. 닥치는 대로 여자를 가졌다. 넘치는 성욕이 여자를 당긴 것이다. 이 환자 진애선, 이 여자도 그 캐릭터였다. 붕루 중에서 가장 치료 난이도가 높은 붕루. 처녀가 남자를 그리워하는 마음이 너무 커서 발생하는 출혈이었다.

"월경이 아니고 붕루네요."

윤도가 진맥을 끝냈다.

"붕루요? 월경이 아니라고요?"

진애선이 물었다. 그녀의 붕루는 한두 번이 아니었다. 그때마다 공교롭게 월경일과 겹쳤다. 그렇기에 그녀는 월경으로 알고 있었다.

"붕루입니다. 월경하고는 다릅니다."

"네……."

진애선의 볼에 살포시 홍조가 졌다. 홍조 사이로 윤도를 남자로 보는 시선이 엿보였다. 여자만 보면 어떻게 하고 싶은 바이징팅. 남자만 보면 안기고 싶은 여자 진애선.

병적이라지만 이 또한 음양의 조화였다.

여자는 음이고 남자는 양이다. 음은 응결하고 모이는 성질이고 양은 발산하는 성질이다. 진애선의 음은 너무 강했다. 그 강함의 시작은 심장이었다. 남자의 경우, 정신적인 영향으로 발기부전이 오면 심장을 치료하는 것과 같았다. 심장의 이상이 심포를 쳤다. 심포가 상하면서 붕루가 된 것이다. 이런 증세는 극한의 슬픔을 겪을 때도 올 수 있었다. 다만 정도가 달랐다.

그러나 설명하기 곤란했다.

─너 남자 밝히지?

한의사 된 입장에 천박한 돌직구를 날릴 수는 없는 일이었다. 심한 자위도 예상되는 일. 그 또한 입 밖에 내기 쉽지 않았다. 별수 없이 조금 돌았다.

"혹시 소설 좋아하세요?"

"소설이요? 로맨스소설이나 장르소설은 종종 보는데……."

"김동인의 소설 중에 '발가락이 닮았다'는 작품이 있어요."

"어, 저 그거 알아요. 학교 때 배웠어요."

"주인공 남자가 어떤 사람인지 기억하세요?"

"주인공은 잘……."

"주인공은 M이라고 나오는데요, 여자를 굉장히 밝히는 사람이죠. 이십 대까지 상대한 여자만 해도 200명이 넘는다는 말이 나와요. 가히 요승으로 불리는 신돈 찜 쪄 먹을 사람이죠. 소설이긴 하지만……."

"네……."

"붕루는 여러 가지 종류가 있는데 성관계 생각에 전격 몰입할 때도 생길 수 있습니다."

"……."

"결국 소설 속의 남자는 생식 능력을 잃고 말죠. 만약 소설이 아니고 여자의 경우라면 더 큰 질병의 시작이 될 수도 있습니다."

"후우!"

진애선의 입에서 한숨이 나왔다. 말을 알아들었다는 징조이다. 그녀는 숨결을 다듬은 후 조용히 말을 이었다.

"실은 제가 그 소설 속의 남자와 비슷해요."

빙고.

내심 쾌재를 부르는 윤도였다.

"전에는 안 그랬는데 손님 하나 때문에……."

'손님?'

윤도는 내색 없이 경청했다. 진애선의 붕루 사연이 나오기 시작했다.

"그 남자는……."

손님이었다. 진애선이 운영하는 노래방. 언제나 혼자 와서 노래를 부르고 갔다. 노래도 기가 막히게 잘했다. 나이는 진애선보다 몇 살 많았다. 인상까지 좋아 호남형이었다. 어느 날 그가 말했다.

"오늘은 아가씨 좀 불러주세요."

처음 나온 오더였다. 이때까지만 해도 별생각 없이 도우미를 넣어주었다. 손님은 왕이니까.

둘은 죽이 잘 맞았다. 남자는 이제 그 아가씨와 파트너가 되었다. 오기만 하면 함께였다. 질투가 났다. 어느 날 그 질투심이 손님의 노래방 안을 엿보게 만들었다.

'헙!'

진애선이 입을 막았다. 차마 못 볼 꼴을 본 것이다. 둘은 그 안에서 은밀하게 붙어먹었다. 심장에 불길이 일었다.

한 번도 아니고 오기만 하면 루틴이 되었다. 자신이 호감을 갖고 있던 남자 손님. 그 남자가 붙어먹는 건 도우미 중에서도 막 생긴 유부녀. 이제 남자의 방문은 즐거움이 아니라 질투의 순간이 되었다.

그 질투는 묘한 방향으로 흘러갔다.

'그런 게 뭐가 그렇게 좋다고.'

진애선은 자신의 몸을 만졌다. 가슴도 좋고 각선미도 좋았다. 아무 손님에게나 안기는 그 도우미하고는 비교 불가였다.

그러던 어느 날, 사달이 일어났다. 남자가 찾는 도우미가 출근하지 않은 것이다. 손님도 거의 없는 터라 진애선이 추파를 던졌다.

"아유, 오늘은 손님도 없네. 저 잠깐 앉아도 돼요?"

옷까지 타이트한 미니스커트로 갈아입은 후였다. 시원하게 드러난 다리를 본 남자가 추파를 물었다. 진애선은 그날 그 남자와 뜨거운 시간을 가졌다. 진애선의 애욕(愛慾) 봉인이 풀린 날이었다.

이날부터 육욕의 화신이 되었다. 옷차림부터 바꿨다. 라인이 고스란히 드러나는 옷만 입었다. 그 남자가 오면 그 품에 안겼고, 오지 않으면 반반한 다른 손님을 겨누었다. 불길은 점점 더 번져 나갔다. 가게 문을 닫고 잠들 때도 남자 생각이 났고, 손님들이 오지 않는 시간에도 그랬다. 그럴 때는 자위로 뜨거운 몸을 달랬다.

어느 날 첫 봉루가 왔다. 남자 손님 둘이 도우미를 부른 날이다. 그중 한 남자가 기가 막히게 당겼다. 늙은 도우미들과 블루스 추는 모습을 보자니 몸이 달아올랐다. 복도를 오가며 몸부림을 쳤다. 순간 봉루가 터졌다. 아랫도리에서 뜨끈하게 흘러내리는 홍건함. 그날 역시 생리 일 목전이므로 생리가 터진 줄만 알았다.

"일이 그렇게……"

진애선이 고개를 숙였다.

"괜찮습니다. 심장 기능이 넘쳐서 그런 겁니다. 조금 조절하면 괜찮아질 겁니다."

"정말 그렇게 될까요? 이제는 조금 괜찮은 남자만 봐도 안기고 싶고……"

"그 생각이 가라앉도록 조절해 드리겠습니다."

"고맙습니다. 그렇잖아도 이러면 안 되는데… 안 되는데 하는 중이었어요."

"침대에 누우시죠."

윤도가 진료대를 가리켰다.

장침을 몇 대 꽂았다. 은백혈과 양릉천혈, 삼음교혈이다.

"아아!"

혈자리를 잡을 때 진애선이 코맹맹이 소리를 냈다. 온몸이 성감대인 '올감대'의 여자였다. 이러니 남자가 건드리면 터지지 않을 수가 없었다.

"질 출혈은 이제 멎을 겁니다."

"그런 거 같아요. 거기 질척한 느낌이 줄었네요."

"침 몇 대 더 들어갑니다."

말과 함께 심장의 모혈 거궐혈에 장침을 꽂았다. 거궐혈은 심장의 대궐. 다음은 신장의 모혈인 경문혈이었다. 두 혈에서 기혈 조절을 했다. 신장의 물[水]을 조절해 달아오른 심장의 불[火]을 달랬다.

"아."

불길을 잡자 진애선의 교태 음이 조금씩 낮아졌다. 마침내 교태 음이 사라졌다. 그러나 완전히 없애서는 안 되기에 필요한 정도는 남겨두었다. 석녀로 만들 수는 없었다.

망가진 심포는 궐음수, 천천혈을 조절해 극문혈을 통해 쫓아냈다. 내관혈과 중충혈에서 마무리를 하니 진애선의 뜨겁던 애욕 시대는 마감되었다.

"고맙습니다."

인사하는 눈빛도 조신해졌다. 야릇함으로 탱탱하던 눈웃음에서 단아한 눈빛으로 돌아간 것이다.

여자 바이징팅이라고 볼 수도 있는 진애선. 일찌감치 찾아와 줘서 다행이었다. 수많은 남자들과 애욕을 나누다 보면 그녀 역시 HIV 감염에서 자유로울 수 없으므로.

6. SOS 베이징

나흘 동안 비가 내렸다. 그래서인지 일반 환자들 중에서 신경통 환자 방문이 늘었다. 예약이 원칙이지만 돌려보낼 수 없었다. 대개 나이 든 어르신들이기 때문이다.

남는 시간에 짬짬이 치매 신약을 점검하고 논문 정리를 했다. 그러다가 류수완의 방문을 받았다. 윤도가 시간을 잘 정하지 못하자 무데뽀로 쳐들어온 류수완이다. 그를 따라 음식점으로 갔다.

"드세요."

류수완이 수육을 가리켰다. 그의 부친 때부터 단골이라고

한다. 윤도가 잠깐 시간이 난다고 하자 납치하듯 데려온 것이다.

"비주얼부터 죽이는데요?"

"당연하죠. 훈장 받은 분이 드실 거 아닙니까?"

"에이, 쑥스럽게……."

"뭐가 쑥스럽습니까? 덕분에 저도 대통령 표창 하나 챙겼지 않습니까? 여기 있는 수육 다 드셔도 모자랍니다."

"폐는요?"

수육 한 점을 소스에 찍어 문 윤도가 안부부터 물었다. 직업은 못 속인다. 큰 병을 앓은 사람이라면 예후부터 묻게 되는 윤도였다.

"좋습니다. 요즘 계단 걷기 운동도 시작했는데 숨도 별로 안 차거든요."

"계단 걷기요?"

"그게 건강에 좋다면서요? 워낙 자가용이 대세이다 보니……."

"하지만 너무 무리하지는 마세요."

"당연하죠. 저도 이제 건강이 우선입니다."

류수완이 웃었다.

"바쁘신데 좀 그렇지만… 치매 신약은 어디까지 나가셨습니까?"

"조금 더 다양한 사례를 실험 중인데 마무리 단계입니다."

"지난번에 2차로 넘어온 샘플도 좋다고 하더군요. 생쥐 실험에서 괄목할 만한 성과가 나왔다는 보고를 받았습니다."

"다행이네요."

"거기서도 계속 보완을 하셨죠?"

"예. 엊그제는 탕약만으로 처방했는데 호전 현상이 뚜렷했습니다."

"역시……."

"첫 신약 반응은 어떻습니까?"

"당연히 대박이죠. 카피에 혈안인 중국 측에서도 판매가 신장되고 있습니다. 그쪽에도 지금 괴질성 독감으로 난리가 아닙니까? 해서 어린이 천식 환자들까지 덩달아 느는 통에……."

"사장님 마케팅이 먹히고 있군요."

"그래서 저도 첫 입금된 금액의 순수 이익금은 난치병 환자들을 위해 전부 기부했습니다."

"예?"

"상까지 받았으니 그냥 있을 수 있어야죠. 그래봤자 채 선생님 발끝에도 못 미치지만요."

"사장님……."

"폐암 고칠 때부터 생각하던 겁니다. 저도 돈 좀 벌면 유한양행 유일한 박사님처럼 기업 이익을 사회에 환원하려고 했거든요. 그런데 곰곰이 생각하니 기부라는 게 돈 번 다음에 하려면 너무 늦을 거 같아서……."

"굉장한 결단을 내리셨군요. 좋은 일 하셨으니 앞으로 계속 잘될 겁니다."

"그래서 말인데……."

반주를 들이켠 류수완이 말을 이어나갔다.

"기왕 잘될 거라면 이번 신약은 아예 북미 시장부터 들이대는 게 어떨까요? 그래야 기부도 팍팍 하게 되죠."

"북미라고요?"

윤도가 고개를 들었다. 북미 시장이라면 미국이다. 미국은 세계 제약 시장의 심장부. 그렇기에 웬만한 신약은 넘보지도 못하는 곳이다.

"이번에 저희가 채 선생님 벤치마킹을 좀 했습니다."

"저를요?"

"TS전자의 글로벌 두뇌 스떼빤 말입니다. 기사를 보니 선생님 덕분에 TS가 향후 10~20년은 세계 시장을 주도할 수 있다고 하더군요. 거기에 자극받아 인재 헌팅에 나섰죠. 신약도 IT나 AI 못지않은 격전지거든요."

"예……."

"기술력은 다행히 선생님이 계시니 크게 꿀리지 않는데 시스템이 모자랍니다. 해서 FDA 핵심 인력 중의 한 사람을 잡았습니다."

"FDA라고 하셨습니까?"

윤도의 동공이 출렁거렸다. FDA라면 미국 보건후생성 산하의 식품의약국이다. 독립된 행정기구로 미국 내에서 생산되는 식품, 의약품, 화장품 등의 효능과 안전성을 관리한다. 직원들의 수준과 함께 만족도도 높아 이직률 낮기로 소문난 곳. 그런 곳의 핵심 인력을 데려오다니?

"대단하시군요."

"대단한 건 채 선생님입니다."

"제가요?"

"우리가 TS처럼 백지수표 내밀 규모가 됩니까? 그래서 선생님을 내세웠죠. 이번 치매 신약도 살짝 소스를 뿌렸습니다. 알레르기 비염 신약 만든 분이 만든 거라고. 그 말에 뻑 가더군요. 그래서……."

"……."

"일단 첫 신약으로 포문을 열었으니 최대 시장인 미국 진출 교두보는 마련한 셈입니다. 그렇다면 이제 돌아갈 필요 없죠. 메이저 시장에서 인정을 받고 그 탄력으로 세계 시장으로 가는 겁니다."

"하지만 제2의 신약은 아직 완성되지 않았습니다만……."

"이거 왜 이러십니까? 제가 바보입니까? 지금까지의 샘플만으로도 FDA 기준을 통과할 수 있다는 말이 나오는 상황입니다."

"사장님."

"해서 제가 전체적으로 정리를 해봤는데……."

"……."

"지금 논문도 함께 준비 중이시지 않습니까?"

"예."

"그거 사례가 마감되면 제게 넘겨주십시오. 제가 전문가들 동원해서 규격에 맞춰 손봐 드리겠습니다. 심사하는 측에서 아야 소리 못 하게 말입니다."

"하핫!"

그 말을 들은 윤도가 웃었다.

"왜요? 못 할 거 같습니까?"

"그건 아니고요, 하지만 대필은 사양합니다."

윤도가 선을 그었다.

논문 대필.

한국에서는 별것도 아닌 일이다. 교수는 놀고 조교가 쓰는 경우도 있었다. 교수는 연구비만 챙기고 대학원생들이 쓰는 경우도 있었다. 과거에는 비일비재한 일이었고 사회적으로도 유야무야 넘어갔다.

하지만 이제는 구태를 벗을 때였다. 실제로 많은 경우 대필이나 표절 논문이 발목을 잡는 시대가 되었다. 정치권이나 유명인들의 논문 파동을 볼 때마다 윤도는 안타까웠다. 돈질로 산 논문이 무슨 가치가 있을까? 남의 논문을 카피해서 짜깁기한 것에 무슨 성취감이 있을까?

그렇기에 이번 논문에 공을 들이는 윤도였다. 조수황 교수와 양방 의사들의 조언을 받고는 있지만 논문은 오롯이 윤도의 노력 속에서 모습을 갖춰가고 있었다. 더구나 이 일에는 한의학과 침술에 대한 선입견을 바꿔놓으려는 야심도 들어 있었다. 그렇기에 그 어떤 잡음도 끼는 것을 원하지 않았다.

"제 생각이 짧았습니다."

윤도의 말을 들은 류수완이 고개를 숙였다.

"괜찮습니다. 사장님의 생각 자체는 이해하니까요."

"그럼 언제쯤 기고를 하실 건지… 심사하는 시간도 꽤 걸리거든요."

"그리 오래 걸리지는 않을 겁니다."

"어디에 기고할지는 정하셨습니까? 제 생각이지만 선생님 침술 수준과 연구 난이도 등을 종합했을 때 사이언스 쪽이……."

"그쪽은 아닙니다."

"그럼 셀지?"

"처음에는 그런 쪽을 생각했는데……."

"첫 논문이라 부담이 되는 겁니까? 하지만 선생님 수준이면 그 정도는 통할 겁니다. 그러니 일단 심사를 받아보시고 안 되면 그때 한 단계 낮추는 게……."

"그 반대입니다. 제가 생각하는 건 뉴잉글랜드 저널 오브 메디슨입니다."

"……!"

윤도의 말에 류수완이 흔들거렸다.

뉴잉글랜드 저널 오브 메디슨.

의학 쪽에서는 최고의 권위를 인정받는 학술지.

짝짝!

류수완은 말 대신 박수로 대신했다. 두말이 필요 없는 결정이었다. 윤도라면 그 정도는 바라보는 게 옳았다.

*　　　　*　　　　*

"형!"

집으로 돌아오자 윤철이 윤도를 반겼다. 이유가 있었다. 엊그제 하루 동안 스포츠카를 빌려준 것. 사실 내용을 들여다보면 심부름이었다. 진경태의 지인 약초꾼이 좋은 약초를 캤다고 해서 내려 보낸 윤도였다. 스포츠카에 꽂힌 윤철은 알바비 한 푼 받지 않고 자원했다.

물론 윤철은 윤철대로 속셈이 있었다. 최근 공을 들이는 여자 친구를 태우려는 것. 눈치를 보니 윤철의 속셈이 먹힌 것 같았다. 결과만 보면 윤도와 윤철이 서로 윈윈한 일이었다.

"어서 와, 우리 채 의원."

어머니의 목소리도 즐거웠다. 그렇지 않을 일이 없었다. 윤도가 이런저런 유명세를 타면서 어머니와 아버지도 덩달아 인기를 끌었다. 아버지는 실속도 많았다. 윤도의 치료를 앞세워 여러 기업체에서 납품 요청을 받은 것이다. 그렇기에 현장을 진두지휘하느라 아직도 귀가 전이다.

"시원한 맥주로 한잔할까? 냉동실에 넣어둔 거 있는데."

"좋죠."

윤도가 화답했다. 맥주는 윤철이 꺼내왔다. 이제는 약간의 반항도 없는 윤철이다.

"전하, 곡주를 드시옵소서."

윤철이 고개를 숙인 채 맥주를 따랐다.

"장난칠래?"

윤도가 레이저를 쏘았다.

"아, 훈장 탄 몸이잖아? 내 친구 놈이 그러는데 훈장 타면 큰 죄를 지어도 다 봐준다며?"

"누가 또 그런 헛소리를 하냐?"

"얘, 그거 나도 들었다. 박 여사님이라고 공무원 하다가 퇴

직했는데 상훈이 크면 살인죄도 정상참작이 된다고 하더라."

어머니까지 합세한다.

"아 참, 그거야 그냥 하는 얘기죠. 술이나 한잔하세요."

윤도가 어머니 잔에 맥주를 채웠다.

술은 많이 마시지 않았다. 윤도에게는 여전히 할 일이 많았다. 목욕재계하고 신비경을 잡았다. 어떤 약재를 볼까 생각하다 중산경의 민산에 멈췄다. 제백이라는 가시나무 앞이다. 이나무의 붉은 열매를 지니면 추위를 타지 않는다.

추위.

일교차가 심하면 감기에 잘 걸린다. 요즘 부쩍 늘어난 감기와 독감 환자들 때문이다.

누구든 한두 번은 걸릴 수 있는 감기.

한방에서 감기는 풍한 감기와 풍열 감기로 나눈다. 풍한 감기는 바람과 찬 기운에 의해 발병한다. 증상으로는 오한에 재채기, 땀은 나지 않고 체온 상승에 코가 막힌다.

풍열 감기는 바람과 뜨거운 기운에 의해 온다. 풍한 감기와 달리 열이 나고 체온 상승, 미열 작렬에 추위를 느끼고 누런 콧물이 나온다.

지금 세계는 독감으로 몸살을 앓고 있었다.

물론 감기와 독감은 족보가 다르다. 독감은 인플루엔자 바이러스로 발생하는 질환이다. 그렇다면 한약으로 독감도 잡을 수 있을까? 답은 가능하다이다. 한약에 해열 및 면역 기능 향상 효과가 있기 때문에 독감의 예방 및 치료에도 효과가 있다.

그러나 중요한 건 역시 면역이다. 몸이 튼튼하면 감기도 독감도 걸리지 않는다. 혹 걸리더라도 가볍게 앓고 지나가게 된다.

동산경으로 건너간 윤도가 갈산에 멈췄다. 이곳에서 만난 영약은 '주별'이었다. 독감이나 전염병처럼 유행하는 유행병을 막아주는 영약이다. 호기심까지 더해지면서 주별을 당첨 약재로 뽑았다. 주별이 현실로 나오자 생체 분석기부터 돌렸다.

[원산] 산해경.
[약재 수령] 208년.
[약성 함유 등급] 上上品.
[중금속 함유] 무.
[곰팡이 독소] 무.
[약재 사용 유무] 가능.
[용법 용량] 둥근 결정체만 떼어 약한 숯불로 노릇하게 두 시간 볶는다. 완전히 식힌 후에 3회를 반복해 볶은 후 가루를 낸다. 환자의 손톱 크기만 한 환으로 하루 2회 복용한다. 5세 미만, 60세 이상의 노인은 복용을 금한다.

[약효 기대치] 上中.

산해경.

그 보고(寶庫)는 오늘도 윤도를 실망시키지 않았다. 유행병을 없애줄 영약. 한국은 아직 독감이 심각하지 않지만 연구를 겸해 챙겨두었다.

잠들기 전 논문 자료를 찾느라 검색을 했다. 메인 뉴스가 좋지 않았다. 베이징에서 악명을 떨친 독감이 영국을 강타하더니 미국과 사하라 이남까지 번지고 있었다. SARS에 못지않은 위력이었다.

국제 뉴스 또 하나가 시선을 끌었다. HIV로 인연이 된 바이징팅 기사였다. 그는 화요일 오전에 공개 검사를 받았다. 제3의 기관까지 참석시킨 증명이었다.

Negative.

검사지에 찍힌 결과였다.

바이징팅은 자신을 겨눈 루머(?)에 정면 승부를 걸었다. 그 결과 바이징팅을 흠집 내려던 기업과 정적들이 치명적인 타격을 받았다. 사진에 나온 바이징팅의 미소가 환하게 보였다. 그 미소의 이면에 윤도가 있다는 것. 그건 아직 알려지지 않은 상태였다.

(이유 여하를 떠나 이런 루머에 휘말린 부덕을 깊이 반성하며 앞으로 기업의 가치만큼 국민과 국제사회, 어려운 이웃에게 공헌하는 자세로 살겠습니다.)

바이징팅의 선언 또한 윤도의 마음에 남았다. 그는 윤도 앞에서 한 약속을 잊지 않고 있었다. 위기를 벗어나는 임시방편이 아니라 진심으로 세상에 공헌하기를 바라고 있었다.

죽음 앞에서 새로 찾은 삶.

그게 바이징팅을 바꾸어놓았다.

어쩌면 마음이 통하기라도 했을까?

다음 날 바이징팅에게서 국제전화가 걸려왔다.

ー채 선생님.

훨씬 좋아진 바이 회장의 목소리에는 사람을 끄는 마력이 배어 있었다.

"웬일이시죠?"

나노 침을 고르던 윤도가 전화를 받았다.

ー죄송하지만 저 한 번만 더 살려주셔야겠습니다.

전화 속에서 흘러나오는 바이징팅의 목소리는 끝 간 데 없이 정중했다.

살려주시오.

그러나 그 말의 뜻은 좋은 데 있었다. 그가 말한 사회 공헌이었다. 그는 첫 공헌으로 기부를 택했다. 베이징 일대를 공포로 몰아넣은 독감 퇴치가 그것이었다. 그는 베이징 일대의 어린아이들에게 제공할 백신과 약품 비용으로 100억을 쾌척했다. 나아가 종합병원, 중의대학병원에도 거액의 독려금을 내놓았다.

하지만 가시적인 효과가 나오지 않았다. 효과는커녕 베이징 국가어린이병원에 입원한 중증 환자들이 속절없이 죽어나갔다. 바이징팅이 그 현장을 방문했다. 어린이들의 신음을 차마 듣고 있을 수 없었다. 그들의 가족 또한 눈물의 나날을 헤매고 있었다.

지옥의 나날에서 만나는 절망.

HIV 합병증을 앓던 바이징팅이 모를 리 없었다.

"쉽지 않습니다."

병원장이 고개를 저었다. 양방, 한방이 합세해 최선을 다하고 있지만 극악 독감의 위세를 잡지 못하고 있는 것이다.

그때 떠오른 게 윤도였다.

"대한민국 채윤도 선생님."

시라의 의견도 같았다. 그렇기에 실례를 무릅쓰고 전화를 걸어온 바이징팅이다.

―부디 부탁합니다. 상황이 급한 어린이병원만이라도…….

"회장님······."

―제 명예 때문이 아닙니다. 현장을 보니 차마··· 제 앞에 다녀간 우리 주석께서도 국가적 총력을 기울이라고 했다지만······.

"마롱 선생은 어떻습니까?"

―마롱뿐만 아니라 대륙의 명의 쑨춰앤 등이 총동원되었지만 병세를 약간 늦추는 정도일 뿐 아이들을 구하지 못하고 있습니다.

"······."

―오늘도 벌써 여섯 명의 아이가······.

"······."

―부탁합니다. 치료 때문에 발생되는 선생님의 비용과 수입은 모두 열 배로 보상해 드리겠습니다.

"돈 때문에 그러는 게 아닙니다."

―압니다. 하지만 이쪽 사정이 워낙 딱하기에······.

"······."

―선생님.

"오후에 일정을 빼보죠. 하지만 오래 있지는 못합니다."

―고맙습니다. 제가 수행할 사람을 보내겠습니다.

"한국에서의 수행은 필요 없고, 비행기 표만 준비해 주시고 베이징 공항에 차를 보내주시면 되겠습니다."

―알겠습니다. 그럼 공항에서 뵙겠습니다.

"회장님이 직접 나오시게요?"

―그때까지는 베이징에 있을 겁니다. 만약 안 되면 시라라
도 내보내겠습니다.

"알겠습니다."

윤도가 전화를 끊었다.

응급 상황.

이번에는 베이징이었다. 쉽지 않은 결정. 하지만 아이들이
죽어나간다니 거절할 수도 없었다. 그렇잖아도 베이징과 미
국, 영국 등지의 아이들이 독감으로 희생된다는 뉴스에 의료
인으로서 책임감을 느끼는 차였다.

"아저씨."

당장 약제실로 뛰었다.

"탕제요?"

"네."

"환자가 단체로 오기라도 하나요?"

"중국 출장이에요."

"에? 또 출장이요?"

"베이징에 독감이 창궐 중이잖아요. 마음이 안 좋은 와중에
의뢰가 왔어요. 기왕 가는 거, 한약의 우수성을 보여줘야죠."

"하지만 우리가 가진 감기 탕약과 독감 탕약은……."

"그거 말고 팔각회향 있잖아요."

"아!"

진경태가 이마를 짚었다.

팔각회향.

중국 음식 오향장육 등에 들어가는 향신료이다. 그 씨앗에서 추출한 성분이 독감 잡는 명약으로 쓰인다. 이름은 저 유명한 '타미플루'. 팔각회향에서 추출한 'Shikimic acid'가 원료로 쓰이고 있었다.

그렇다면 팔각회향이나 오향장육을 많이 먹으면 독감을 치료할 수 있을까? 미안하지만 오향장육 등에 들어가는 Shikimic acid는 소량이다. 그런 요리를 많이 먹어봐야 배만 나올 뿐이다.

"감기에 쓰이는 탕제하고 함께 진액으로 뽑아주세요. 제가 혈자리에서 약효를 증폭시켜 볼 테니까요."

"아, 그러면 되겠군요."

"아침에 드린 약재도 같이 챙겨두시고요."

"알겠습니다. 하는 김에 원장님 기혈 보강환도 챙겨놓겠습니다. 꼭 들고 가세요."

"그러죠."

대답을 남기고 접수실로 향했다. 정나현에게 할 지시가 있었다.

베이징은 가깝다. 잘 연결만 된다면 제주도에 다녀오는 것과 다르지 않았다. 화급한 아이들만 봐준다고 하면 하루면 될 일이다. 그러자면 내일 오전의 예약을 앞당겨야 했다.

"알았어요."

정나현이 대답했다. 윤도의 얼굴에 가득한 비장미. 이제는 얼굴만 봐도 윤도의 마음을 짐작하기에 묻지도 않았다.

"여기 일침한의원인데요. 내일 오전 예약이시죠?"

한의원의 전화가 불이 나기 시작했다. 다행히 환자들은 군소리 없이 협조해 주었다. 그들로서는 한시라도 빨리 명침을 맞고 싶은 욕심 때문이다.

하지만 가는 날이 장날이었다.

바이징팅의 비행기 표는 럭셔리했지만 비행기가 연착되었다. 베이징의 강풍 때문에 도착이 늦는 것이다. 연락을 받은 바이징팅, 그 능력이 빛을 발했다. 바로 중국 국적의 다른 비행기 편으로 바꿔준 것이다. 윤도는 30분 정도 늦게 비행기에 올랐다.

1등석은 편안했다. 하지만 쉴 시간이 없었다. 세계를 강타 중인 독감이다. 게다가 바이징팅이 야심차게 초대하는 마당. 어린 환자들을 만나게 되면 가장 효과적인 침술로 회복을 돕고 싶었다. 의서를 보며 혈자리를 체크했다.

초기 감기에는 폐수혈, 풍문혈.

막힌 코를 뻥 뚫어주는 영향혈.

목감기가 심하면 천돌혈.

콧물 스톱 대추혈.

콜록 스톱 전중혈.

여기에 더해 은근히 효과 좋은 공최혈.

가지고 온 약침액은 환자에 따라 혈자리가 선택될 일이다.

그런데…….

돌연 비행기가 흔들리더니 몸이 40도 가까이 기울었다.

"까악!"

비행기 안에 비명이 일었다. 사람이 많은 일반석 쪽이 더했다.

[레이디스 앤 젠틀맨, 위 러 익스펙팅 터블런스…….]

방송이 숨 가쁘게 나왔다. 난기류를 알리고 있었다. 비행기는 마치 선로를 벗어난 열차처럼 무섭게 흔들렸다. 그럴수록 비명은 더 높아졌다.

"악!"

"아악!"

1분 가까이 흔들리던 비행기가 겨우 자리를 찾았다. 하지만 비명은 여전히 진행형이었다.

"까아악!"

"이봐요! 이제 괜찮아요?"

중간 자리의 중국인이 중국어로 소리쳤다. 그래도 비명은 그치지 않았다. 그 앞쪽에 자리한 30대 후반의 중국 임산부였다.

"진정하세요. 이제 괜찮습니다."

승무원이 여자 승객에게 다가갔다. 그러자 임산부가 승무원을 잡고 늘어졌다.

"……!"

승무원의 눈이 뒤집혔다. 승객의 비명은 이유가 따로 있었다. 홍건한 하혈이었다.

"왜 그러세요?"

승무원이 임산부를 부축하며 물었다. 그러자 하혈만큼 충격적인 말이 튀어나왔다.

"아기가… 아기가 나올 거 같아요."

"……?"

"아기… 악!"

임산부가 배를 움켜쥐며 자지러졌다.

"산달 아니잖아요. 진정하세요."

승무원이 임산부를 달랬다. 그녀는 임신 말기. 탑승 전에 진단서도 제출했다. 여자는 임신 34주. 진단서에 기재된 분만 예정일은 아직 여유가 있었다.

"아기… 아기……!"

임산부가 배를 잡고 악을 썼다. 아기는 꼭 예정일대로 나오지 않는다. 난기류에 휘말리면서 받은 충격으로 태아에 문제가 생긴 모양이다.

"저기요, 혹시 의사나 간호사 선생님 계세요?"

승무원이 승객을 향해 외쳤다.

"제가 간호사예요!"

다행히 중국 여자 하나가 손을 들었다.

"임산부가 출산할 것 같다고 해요! 좀 도와주세요!"

승무원이 소리쳤다. 간호사가 자리에서 나와 앞쪽으로 뛰어왔다.

"출산 맞아요. 산모를 편한 곳으로 옮겨주세요."

간호사가 산모를 부축했다.

[승객 중에 의사가 있으면…….]

안내 방송이 숨 가빠 나왔다. 그걸 듣고서야 윤도가 일어섰다. 그때까지는 소란을 모르고 있었다. 비행기가 컸고 1등석인 까닭이다. 게다가 난기류로 어수선한 기내였으니 그런 소란으로만 알고 있었다.

"한의사입니다."

윤도의 말을 들은 승무원이 길을 내주었다. 그사이에도 임산부는 계속 비명을 내질렀다.

"아으……."

"아기가 곧 나올 거 같아요. 담요하고 수건, 따뜻한 물하고 끓는 물에 담근 가위 좀 준비해 주세요."

"나옵니까?"

분투하는 간호사에게 윤도가 중국어로 물었다.

"닥터세요?"

"한의사입니다."

"머리가 보이는데 산모가 너무 놀랐어요. 힘을 주지 못하고 있어요."

"잠깐만요."

윤도는 바로 장침을 꺼내 들었다. 침은 중극혈, 차료혈, 합곡혈과 삼음교혈로 들어갔다. 통증을 감소하고 분만을 촉진하는 혈자리였다.

"아……."

순간 산모가 힘을 내며 이를 물었다.

"어, 저 사람 채윤도예요."

장침이 나오자 한국 승객 일부가 윤도를 알아보았다.

"으아, 그 명침 명의 채윤도?"

승객들의 목소리에서 안도가 묻어나왔다.

"아기가 나와요!"

집중하던 간호사가 소리쳤다.

"조금 더요! 조금 더!"

보조하던 승무원들도 기운을 보탰다. 이윽고 아기의 머리가 나왔다. 어깨도 가뿐히 빠졌다.

"아기가 나왔어요! 공주님이에요!"

승무원이 반 박자 빠르게 소리쳤다.

"와아!"

승객들이 박수로 축하를 보냈다. 하지만 간호사의 얼굴은 하얗게 굳어 있었다. 아이가 태반을 물고 나왔다. 더구나 태변까지 먹은 것 같았다.

"어쩌죠? 태변을 먹은 거 같아요."

간호사가 파랗게 질렸다. 아기는 울지도 않았다.

태변 흡입.

위험했다. 가능한 한 빠른 조치가 필요했다. 그러나 비행기 안이다. 베이징에 도착하려면 아직도 한 시간 가까이 남았다.

"어떡하죠?"

간호사가 아기의 볼을 자극해 보지만 해결될 리 없었다.

"어떡해. 우리 진빙빙 어떡해요?"

산모가 발을 굴렀다. 출산 시간은 그리 길지 않았다. 그럼에도 태변을 먹고 나온 아기. 비행기의 요동으로 충격을 받은 게 문제가 된 것 같았다. 그대로 두면 폐렴이나 뇌합병증 등이 우려된다.

"아기를 눕히세요."

윤도가 다시 장침을 뽑았다.

"왜요?"

놀란 산모가 물었다.

"태변 빼야죠."

"침으로요?"

"서두르지 않으면 합병증이 올 수 있어요. 어서 눕히세요."

윤도가 다그쳤다. 합병증이라는 말에 놀란 산모가 마지못해 아기를 눕혔다.

아기.

그것도 갓 세상에 나온 연약한 아기.

그러나 이미 태중 태아의 혈자리도 찔러본 윤도이다. 신중하게 혈자리를 잡은 윤도의 장침이 중완혈로 들어갔다. 자침 방향은 상향이었다. 침향을 위로 향하게 해 토하게 할 작정이다.

하필 그때 또 비행기가 출렁거렸다.

"악!"

간호사와 산모가 흔들렸지만 윤도는 아기를 잡은 채 버텼다.

[승객 여러분, 자리에 앉으세요. 안전벨트를 매주세요.]

다시 안내 방송이 반복되었다. 비행기는 몇 번 더 춤을 추고 나서야 겨우 평형을 잡았다. 그 틈을 탄 윤도는 재빨리 침향을 아기의 상체로 밀어 올렸다.

"우아앙!"

그 순간 아기의 울음이 터졌다. 목을 넘어간 태변도 죄다 밀려 나오기 시작했다.

"태변이 나와요!"

승무원이 소리쳤다. 중심을 잡은 간호사가 태변을 닦기 시작했다. 아기는 안에 남은 찌꺼기까지 다 밀어낸 후에도 울음을 그치지 않았다.

"진빙빙, 괜찮아. 이제 괜찮아."

아기를 안은 산모가 몸서리를 치며 울었다.

"이제 괜찮을 겁니다."

아기의 진맥을 본 윤도가 가만히 웃었다. 불안하던 아기의 맥이 안정되어 가고 있었다. 태변까지 처리했으니 큰 문제는 없을 것 같았다.

"고맙습니다."

산모가 눈물을 그렁거렸다. 윤도가 일어나 1등석을 향해 걸었다.

짝짝짝!

등 뒤로 뜨거운 박수가 쏟아졌다. 그제야 베이징이 가까워지고 있었다.

7. 신의(神醫) 강림

띠뽀띠뽀!

앰뷸런스가 질주하기 시작했다. 안에 탄 건 윤도와 바이징팅, 그리고 그의 수행 비서였다. 베이징의 교통지옥도 만만치 않았다. 그렇기에 아예 앰뷸런스를 대기시킨 바이징팅이다.

바이징팅의 표정은 몹시 비장해 보였다. 미세먼지로 가득한 회색의 베이징. 산업화는 필연 공해를 동반한다. 공해는 각종 질병을 야기한다. 공해가 아니더라도 인구 증가에 따른 가금류 등 가축의 증가. 독감에게는 매력적인 일이 아닐 수 없다.

커튼 밖으로 슬쩍 내다본 거리에 마스크를 쓴 사람들이 보였다. 그리 많은 숫자는 아니었다. 심지어는 아이들도 그랬다.

윤도는 독감용 마스크를 꺼냈다. 정나현이 챙겨준 것이다. 바이징팅에게도 하나 건네주었다. 생각보다 심각한 베이징의 독감. 보건당국은 뭘 하고 있는 걸까? 최소한 마스크 쓰기 운동이라도 벌여야 했다.

창밖으로 베이징의 대형병원이 스쳐 갔다. 한, 양방 협진병원도 보였다. 건물들의 위용은 자못 무시무시했다. 그러나 소용없었다. 의술이 발달했다지만 정작 발전한 건 화려한 외양뿐이다. 그렇기에 독감 하나 잡지 못해 수많은 사람들이 죽어 나가는 것이다.

띠뽀.

앰뷸런스의 경적이 꺼지면서 차가 멈췄다. 목적지에 도착한 것이다. 분주한 의료 인력이 보였다.

앰뷸런스에서 내려 안으로 향했다. 병원은 아수라장이었다. 접수창구에는 기침 소리가 높았고, 어린아이를 안거나 업은 보호자들은 울먹인다. 한쪽에서는 응급 환자가 밀려들고 또 한쪽에서는 의료진이 사방팔방으로 뛰었다.

전쟁이다.

상황은 분명 숨 막히지만 적군이 보이지 않는다. 비말과 공기를 타고 소리 없는 저격 화살촉만 난무할 뿐이다. 누구든 침 몇 방울의 화살을 맞으면 감염되는 것이다.

윤도가 막 엘리베이터를 타려 할 때였다. 느닷없이 나타난 보호자 하나가 윤도의 멱살을 거머쥐었다.

"우리 아이… 우리 아이 어떻게 되는 거야?"

"……."

윤도가 움츠리자 보호자는 야수처럼 울부짖었다.

"너희들, 대체 뭐 하는 거냐고? 우리 아이 죽이는 거야, 살리는 거야?"

"이봐요."

옆에 있던 바이징팅이 말리고 나섰다.

"이분은 우리를 도우려고 한국에서 날아오신 의사입니다. 이게 무슨 행패예요?"

"한국?"

"이 손 놓고 물러나세요. 당신 아이가 누군지 모르지만 이분이 살릴 겁니다."

바이징팅의 말이 끝나기 무섭게 수행 비서와 경비원들이 달려들어 보호자를 떼어냈다.

"우허어엉!"

보호자가 우는 소리를 뒤로하며 엘리베이터에 올랐다.

"마음 쓰지 마십시오. 워낙 상황이 이렇다 보니……."

바이징팅이 위로를 건네왔다.

"괜찮습니다."

옷깃을 추스르며 웃었다. 아이가 죽어간다면 부모는 눈이 뒤집힐 수밖에 없다. 진심으로 이해하는 윤도였다.

"채 선생님."

종합대책실에 들어서니 뜻밖에도 첸슈에센이 보였다. 그도 치료 지원을 나온 모양이다. 노련한 마룽도 거기 흰 가운을 입고 우뚝 서 있었다.

"채윤도 선생!"

그리고 또 한 사람, 명의순례에서 만난 왕민얼까지 등장했다.

"여긴 어떻게……?"

왕민얼이 다가와 물었다.

"예, 작게나마 도움이 될까 해서……."

윤도가 답하는 사이 국가어린이병원 원장과 베이징 시장, 중앙당 상무위원 등이 다가왔다.

"말씀드린 한국의 명의입니다."

바이징팅이 윤도를 소개했다.

"한국 명의가 이 사람?"

네 거물의 미간이 격하게 구겨졌다. 중국 최고 기업가의 한 사람인 바이징팅. 이번 재앙에 기여하겠다며 한국 명의 초빙을 추진했다. 하지만 그들 앞에 선 윤도는 새파랗게 젊었다.

"나이는 약관이지만 최고의 의술을 지닌 분입니다. 제가 보증합니다."

바이징팅이 쐐기를 박았다.

"하지만……."

원장의 미간이 뒤틀릴 때 지원군이 가세했다.

"저도 보증합니다."

마롱이다. 뒤를 이어 첸슈에센과 왕민얼도 인증 대열에 끼었다. 중국 명의 10걸 안에 꼽히는 마롱이다. '병원'에서는 그의 인정이 바이징팅보다 위였다.

"아는 분입니까?"

원장이 마롱에게 물었다.

"알다마다요. 제가 아는 지상 최강의 명의십니다."

마롱이 쐐기를 박았다.

"마 선생님이 인정한다면야……."

"베이징의 축복으로 아십시오. 이제 이 병원의 중환자들은 한시름 놓았습니다."

"그, 그렇게나?"

긴가민가하던 원장의 입이 쩍 벌어졌다. 의술 평가에 한없이 인색한 대륙 명의. 그가 최고의 찬사를 보내고 있지 않은가?

"뭐 하십니까? 아이들 구하러 달려오신 분을 이렇게 시간 낭비하게 하실 겁니까?"

마롱이 원장을 다그쳤다.

"진 부장, 진 부장 어디 있나?"

그제야 원장이 진료부장을 불러 지시를 내렸다.

"가서 WHO 역학조사 책임관을 모셔오시게."

'WHO 역학조사관?'

윤도의 눈빛이 흔들렸다. WHO 역학조사관까지 나와 있을 줄은 몰랐다. 조사관은 둘이었는데 그중 하나는 독일인이었다. 그들 역시 고개를 갸웃하지만 상황이 긴박한 만큼 환영의 의사를 밝혔다.

저벅저벅!

비장한 걸음 사이로 온갖 신음이 따라왔다. 병실은 대만원이었다. 그나마 저층은 경미한 증상의 환자들이었다. 윤도의 걸음이 6층 격리실 앞에 멈췄다.

격리실.

그 첫 문이 소리 없이 열렸다.

"……!"

병실 하나하나를 돌아본 윤도의 어깨가 미친 듯이 떨렸다. 한마디로 처절했다. 중증의 환자들은 열과 콧물, 기침의 기본 단계를 넘어 폐렴으로 치닫고 있었다. 여기서 회복하지 못하면 바로 요단강을 건너갈 일이다. 환자들마다 의료진이 달라붙어 최선을 다하지만 중증 환자들에게는 단지 흰 가운이 옆에 있다는 것만으로 위안이 될 뿐이다.

"채 선생님."

복도에서 기다리던 바이징팅이 윤도를 불렀다.

"예."

"미안합니다. 이렇게 큰 짐을 드려서……."

"……."

"상황이 어제보다 더 심각해지다 보니 강요는 못 하겠습니다. 자칫하면 선생님이 감염될 수도 있으니 내키지 않으면 돌아가셔도……."

"바이 사장님."

윤도가 반듯한 시선으로 바이징팅을 바라보았다.

"예?"

"사장님을 치료하는 경우에도 위험하기는 다르지 않았습니다."

"……."

"제가 명색이 한의사입니다. 한의사가 왜 존재하는지 아십니까?"

"선생님……."

"한의사나 의사나 다 이런 데 기여하라고 존재하는 겁니다. 한의는 물러서지 않습니다. 여기서 도망치면 면허 내놔야죠."

"……."

"누가 저를 도와주실 겁니까?"

윤도가 원장을 바라보았다. 그 눈빛은 강철과도 같았다.

"뭐든지 말씀만 하시면……."

"간호사 한 명이면 됩니다."

"달랑 간호사 한 명이요?"

"제가 보조를 하죠."

듣고 있던 왕민얼이 자원했다. 그 역시 베이징의 어려움을 알고 남쪽에서 달려온 참이다. 베이징에서 자라고 대학까지 마친 인연이다. 이미 윤도의 침술을 엿본 왕민얼. 그러나 이제는 마룽의 인정까지 받고 있으니 의구심은 갖지 않았다.

"장지커 박사님은 잘 있죠?"

윤도가 마스크를 고쳐 쓰며 물었다.

"여기 오시고 싶어 했는데 남쪽도 심상치 않아서요."

"왕 선생은 언제 왔습니까?"

"나흘 됐습니다만 별 도움이 못 되고 있습니다."

"저도 그럴지 모릅니다."

"천만에요. 포스부터 다른데요?"

왕민얼이 웃었다.

"포스?"

"마룽 선생님… 굉장한 분이죠. 어쩌면 장지커 선생님보다 한 수 위세요. 아무나 인정하지도 않으시죠. 그런 분이 여기

원장님 앞에서 대놓고 채 선생을 지지했어요. 대체 마롱 선생은 어떻게 아는 거고 그동안 또 얼마나 발전한 겁니까?"

왕민얼은 경외감을 감추지 못했다.

"혈자리 잘못 짚었다고 태클 걸 때는 언제고요?"

윤도가 슬쩍 핵심을 비껴갔다.

"상관없습니다. 우리 아이들이나 고쳐주세요. 그때 그 일이 기분 나빴다면 유튜브에 공개 사과 영상이라도 올리겠습니다."

"그거 찍을 시간에 치료나 하시죠. 갈까요?"

윤도가 첫 병실을 가리켰다. 원장이 붙여준 중국 간호사 리빙빙이 문을 열었다.

딸깍!

문이 열리는 것과 동시에 출사표가 던져졌다.

윤도는 거침없이 들어섰다. 6층 격리병동의 환자는 모두 열네 명이었다. 일단 열넷 모두를 돌며 진맥부터 했다. 위독한 환자든 중증이든 한결같이 폐가 좋지 않았다. 무엇보다 큰 문제는 격통으로 보였다. 진통해열제가 투여되었지만 바이러스의 깽판을 잠재우지 못한 것이다.

"살 속까지 아파요."

"뼈를 물어뜯는 벌레가 들어온 거 같아요."

아이들이 이구동성으로 호소했다.

진맥 결과를 정리하고 치료 방향을 잡기 위해 잠시 상담실로 나왔다.

박박박!

소독약을 더해 손부터 씻었다.

"어때요?"

왕민얼이 물었다.

"왕 선생도 진맥을 해봤겠죠?"

윤도가 되물었다.

"예. 저는 솔직히 열을 낮추고 통증을 덜어주는 시침 수준에서 더 나가지 못했습니다."

"그 정도면 굉장한 거 아닌가요?"

"제가 이 지역에서 자랐기 때문에 마음이 각별합니다. 환자들 중에는 지인의 아이들도 있고요. 중의가 된 마당에 그들 볼 면목이 없더군요. 나름 실력을 인정받는 터였는데 독감 앞에서 이토록 무력하다니……."

"폐렴 시침도 했죠?"

"했지만 큰 진전이 없었습니다."

"약침은요?"

"몇 가지 특효약으로 시도해 보았는데 일부 환자에게는 도움이 되었지만 중증 환자들에게는 조금 낫는 듯하다가……."

"진맥을 해보니 굉장하네요. 끝 쪽 방의 어린 환자 몇은 오늘을 넘기기 힘들겠어요."

"제 생각도… 여기 대책본부 판단으로도 오늘 밤을 넘기지
못할 아이가 적어도 다섯은 된다고 합니다."

왕민얼이 고개를 떨구었다.

윤도가 환자들의 데이터를 받아 들었다. 입원일과 진단, 검
사 데이터, 기타 병세의 추이가 자세하게 나와 있었다. 거기에
는 베이징 의료진의 최선과 분투가 고스란히 묻어 있었다. 하
지만 변종 독감의 위력이 너무 강했다.

―독감(Influenza).

역사에 기록된 최초의 유행은 1173년의 유럽이었다. 이
후 1300년대에 이르러 다시 유럽을 강타한다. 이때 비로소
Influenza라는 이름을 득템한다. 세계적 유행으로 데뷔한 공
식 기록은 1889~1890년에 발생한 러시아 독감이었다. 바이러
스 패턴은 H2N2로 추정한다. 뒤를 이어 바로 지상 최악의 독
감이 출현한다. 1918~1919년에 발생한 저 유명한 스페인 독
감이다. 이때의 패턴은 H1N1이었다.

이 해에 지구 반대편의 조선 땅에 유명한 역사가 있었으니
바로 3.1절이었다. 조선 땅이라고 독감이 봐줄 리 없었다. 당
시 조선의 독감 환자도 수백만 명에 달했다고 한다.

"만세! 만세!"

"대한독립만세!"

"콜록콜록!"

그들은 독감에 걸린 몸으로 온몸을 쑤셔대는 격통을 참으며 만세를 불렀을 것이다. 어린아이부터 어르신까지. 고열보다 뜨거운 애국의 마음, 오한보다 증오스러운 일제의 만행. 그렇기에 독감조차 아랑곳하지 않고 몰려나와 만세, 만세……. 그냥 생각해도 가슴 아픈 일에 독감이 겹쳤으니 너무나 마음이 시렸다.

스페인 독감 이후 독감계는 H1N1이 평정했다. 그러다 1957년에 H3N2, H2N2에게 잠시 패권을 뺏기더니 2009년 신종플루에서 H1N1이 화려하게 귀환한다.

여기서 말하는 H와 N은 Hemagglutinin과 Neuraminidase의 약자로 독감 병리 기전의 핵심이다. H는 숙주 세포에게 달라붙는 역할을 하고 N은 숙주 세포 안에서 제멋대로 깽판을 치고 떠나려는 준비를 마친 놈이다.

Influenza가 문제인 건 다양한 변이라는 사실. 이제는 온 국민이 다 알고 있다. 그럼 변이는 대체 어떻게 일어날까? 인플루엔자는 원래 변태일까?

이 설명에는 돼지가 필요하다.

한국인에게 삼겹살로 유명한 그 돼지이다.

여기에 '조류독감' 바이러스가 있다. 이놈은 인간에게 해를 끼치지 않는다. '인체독감' 바이러스 역시 조류에게 해를 끼치지 않는다.

그런데 돼지는 다르다. 돼지는 양자에 공히 감염원이 될 수 있다. 만약 한 돼지가 위에 적은 두 종의 바이러스에 동시 감염되었다면 양 바이러스 간의 국경을 초월한 '썸'이 일어날 수 있다. 이렇게 해서 새로운 종류의 바이러스가 탄생하면 인간에게 재앙이 된다. 이 바이러스에 대한 면역 체계가 서지 않아 감염되면 치명타가 되는 것이다.

나아가 이제는 사람도 돼지처럼 두 바이러스의 감염원이 될 수 있다는 주장까지 나오고 있는 실정이다. 이렇게 되면 조류독감에 감염된 사람으로부터 타인 전파가 가능해진다. 인간의 입장에서 보면 극악의 상황이 아닐 수 없다.

독감 바이러스가 무서운 건 그 전파력에 있다. 독감은 주로 비말 전파로 분류되지만 공기 전파 못지않게 초강력 슈퍼울트라 파워를 가진다. 바이러스가 붙은 침입자 대여섯 방울만으로도 전염이 가능하기 때문이다.

만약 가족 중에 독감 환자가 있다면…….

학교나 직장 동료 중에 독감 환자가 있다면…….

그 구성원에 대한 전염력은 어떨까?

독감에 걸리면 대개 열이 나고 목이 아프며 기침에 온몸이 쑤신다. 치료가 제대로 이루어지지 않거나 시기를 놓치면 폐렴으로 간다.

그러나 바이러스는 이미 이런 증상이 나오기 이틀 전쯤부터 인체에서 외부로 출격하기 시작한다. 그러니 주변 사람 누군가가 독감 판정을 받았다면 특별한 조치 없이 함께 있던 사람들은 이미 게임 오버다.

감염!

다만 그로 인한 현증의 발현은 각자의 건강 레벨에 달려 있다.

기침하는 독감 환자 옆에서 감염되지 않으려고 숨을 참아도 소용이 없다. 독감 환자의 기침으로 발사된 바이러스의 에어로졸 입자들은 발사추진력으로 움직이고 있다. 그 운동성으로 얼마든지 이동이 가능하다. 나아가 신체 어딘가에 묻은 비말에 손이 닿게 되고, 그 손을 씻지 않으면 감염된다.

마스크는 물론이고 손까지 깨끗하게 씻어야 하는 이유가 여기에 있다.

백신은 가장 좋은 대책으로 꼽힌다. 이 백신으로 얻을 수 있는 면역력은 주로 H 쪽이다. N에 대한 면역력은 H보다 약한 것으로 알려져 있다.

백신 접종 후의 면역력 획득 순서를 보면 추정 이틀째 항체 생성 세포가 등장하고, 일주일 차에 H를 겨냥한 T—cell이 출연한다. 다음으로 2~3주 사이에 바이러스를 전반적으로 헌팅하는 림포사이트가 나와 2~4개월 사이에 항체가가 최고치에 도달한다.

베이징의 병원 환자 중 상당수는 백신을 맞았다. 그러나 헛발이었다. WHO에서 올해 유행할 독감의 패턴 예측에 똥볼을 찬 까닭이다. 게다가 예방백신 중에는 독감에 대한 전 방위 면역이 아니라 일부 면역에 대한 약도 많았다. 결과만을 놓고 보면 인간이 아니라 독감 바이러스의 승리였다. 인간의 예측을 피함으로써 승전보를 구가하고 있는 셈이다.

A, B, C.

시침할 환자를 세 그룹으로 나누었다. A는 중증 폐렴에 이어 뇌염까지 치닫는 환자들이었다. B는 그보다는 조금 나아 폐렴이 극심한 어린이들. 마지막으로 C는 그나마 폐렴의 정도가 중급인 경우였다.

'본격 진화.'

윤도의 결단이 떨어졌다. 대다수 어린이들에게서 엿보이는 중증 폐렴. 그렇다면 당연히 비장의 원기를 북돋아야 했다. 심장을 북돋아야 했다. 간장을 북돋아야 했다.

하지만 이건 기본의 문제가 아니었다. 폐에 불이 난 것이다. 불부터 끄지 않으면 다른 장부의 기를 살린들 소용이 없었다.

폐!

'노도 같은 불길을 잡고 역순으로 승부를 본다.'

윤도의 결정이 떨어졌다. 그때 간호사 리빙빙이 끼어들었다.

"선생님."

"예."

"치료 계획이 섰나요?"

"그렇습니다만."

"계획이 나오면 원장님께 보고부터 해야 합니다."

"보고라고요?"

"여기 대책본부에서 총괄해야 하기에……."

총괄.

참견처럼 들렸다. 내키지는 않지만 일단 따르기로 했다. 윤도가 계획서를 넘겼다.

약침을 준비하며 잠시 기다렸다. 오래지 않아 간호사가 돌아왔다. 그녀는 윤도의 짐작대로 수정안을 내놓았다.

"여기 12병실 환자보다 3병실부터 하고 그다음에 8번, 나머지는 선생님 계획대로 해도 된다고 합니다."

"수정안은 무슨 기준입니까?"

윤도가 물었다. 단단하게 날이 선 목청이다.

윤도의 치료 계획은 환자의 상태가 기준이었다. 최악의 환자부터 줄을 세웠다. 하지만 수정안대로라면 뒤죽박죽이다. 3번 병실 환자는 중증이지만 오늘 밤 위독한 환자는 아니었고 8번 환자는 중증환자 중에서는 경증이었다. 그러나 12병실은 어린이는 당장 조치를 하지 않으면 자정을 넘기지 못할 수도 있었다.

"그게……."

간호사는 대답하지 못했다.

"왕 선생."

윤도의 시선이 왕민얼에게 향했다.

"이 병원에도 빽이 있습니까? 혹시 질환의 정도가 아니라 당 간부의 인친척이라든가, 고위직의 자제들을 우선적으로 진료하나요?"

"그, 그건……."

"말씀해 주세요. 제대로 알려주시지 않으면 저는 돌아갑니다. 지난번 일본에서도 유사한 일이 있었지만 거기는 정치적으로 얽힌 치료였어요. 하지만 여기는 정치적 결정과 상관없는 유행병 아닙니까?"

"자세히는 모르지만 거기 8병실 환자가 당 간부의 삼대독자라고 들었습니다. 그렇죠?"

왕민얼이 간호사에게 확인을 구했다. 간호사는 차마 대답을 못 하고 고개를 돌렸다.

"그럼 여기 3병실은요? 제일 먼저 치료하라는 걸 보니 국가 상무위원이나 중국 주석의 손자라도 됩니까?"

"3병실은 연고가 없는 아이라고 알고 있는데?"

이번에도 간호사를 바라보는 왕민얼.

"맙소사! 당신들, 이제 보니……?"

감을 잡은 윤도가 폭주했다. 이건 일본의 치졸한 짓에 못지 않은 수작이었다. 그러니까 연고가 없는 3병실 환자의 시침으로 간을 보겠다는 의도였다. 3병실 환자를 회복시키면 윤도의 실력이 입증된다. 그럼 당 간부의 아들을 안심하고 맡겨서 한 건 올리겠다는…….

"이런 저급한! 가난한 아이를 실험용으로 쓰겠다는 거야?"

분노한 윤도가 테이블의 서류 더미와 찻잔 따위를 확 쓸어버렸다.

와장창!

찻잔과 집기 등이 떨어지며 요란한 소리를 냈다.

"채 선생……."

"바이징팅 회장 어디 계십니까? 당장 불러주세요!"

윤도 눈에서 레이저가 터져 나왔다.

"그, 그런……?"

안으로 들어선 바이징팅, 윤도의 말을 듣고 경악했다. 그도 모르는 사실인 모양이다.

"중국 의료진에게 실망했습니다. 저는 돌아가겠습니다."

윤도가 가운을 벗었다.

"채 선생, 왜 이러십니까?"

놀란 바이징팅이 윤도를 잡았다.

"의술은 거래가 아닙니다. 누구든 가장 시급한 사람에게 진료가 우선되어야 합니다. 그런데 신분이나 지위로 줄을 세우다뇨? 연고가 없는 아이라고 해서 실험용으로 내세우는 게 말이 됩니까?"

"진정해요."

"아니군요. 이 가난한 아이, 사경을 헤매면서도 실험용으로나 내돌리는 이 아이만은 치료하고 가겠습니다. 그냥 두면 고관대작 아이들 돌보느라 제대로 돌봐주지도 않을 테니까요."

"채 선생, 내가 알아볼게요. 내 얼굴 보고 온 거지 여기 대책본부 직원들 보고 온 건 아니지 않습니까?"

"아닙니다. 이런 기분으로는 진료 못 합니다."

"갑시다. 채 선생 말대로라면 수치도 이런 수치가 없습니다. 만약 이게 사실이라면 내가 모든 연줄을 다 동원해서라도 최고 처벌을 받게 하겠습니다. 솔직히 평생 감옥에서 썩게 할 능력 정도는 있습니다."

"……"

"따라오세요. 어서요."

바이징팅이 앞장을 섰다.

"갑시다. 나도 궁금하네요. 대체 어떤 인간이 이따위로 의술을 욕보이는지."

왕민얼이 윤도의 등을 밀었다.

　　　　　*　　　　　*　　　　　*

쫘악!

원장의 손이 바람을 갈랐다.

"이런 미친!"

퍽퍽!

조인트도 몇 방이나 들어갔다. 원흉은 대책본부 부본부장
으로 내정된 내과부장이었다. 그 혼자의 작품은 아니었다. 베
이징 당국에서 협력차 나온 고위직 공무원의 청탁을 받고 있
었다.

"당신에 대한 처벌은 시장에게 직접 요청하겠소. 만약 시장
이 묵살하면 내가 주석을 찾아가 직접 요청하겠소."

바이징팅의 목소리는 추상과 같았다. 두 사람은 당장 그 지
위에서 직위 해제를 당했다.

"용서하십시오."

원장이 고개를 조아렸다.

"진료는 선생님이 세운 계획대로 하십시오. 제가 보기에도
그게 맞습니다. 8병실의 환자가 문제라면 그 환자는 제외하셔
도 됩니다."

원장이 부연을 했다. 일이 이리 되니 진료를 거절하기 어려

왔다.

"알겠습니다. 하지만 8병실은 그냥 두셔도 됩니다. 그 아이가 한 일도 아니고 권력을 휘두르는 게 죄지 질병에 걸린 게 무슨 죄가 되겠습니까?"

윤도가 돌아섰다. 방으로 돌아와 벗어둔 가운을 입었다. 공연히 시간만 지체했다.

'후우!'

마음을 가다듬고 침을 챙겼다. 약물도 꺼냈다. 약침용 약물은 두 종류였다.

산해경의 주별.

팔각회향에서 추출한 Shikimic acid와 믹스한 한약재 진액.

어느 것이 더 잘 먹힐까?

'부디…….'

바이징팅의 HIV를 치료할 때보다도 더 간절한 마음으로 일어섰다.

전장(戰場).

독감 바이러스로 꺼져가는 어린 생명들을 구하기 위한 출격이었다.

윤도의 걸음이 복도 끝의 12병실 앞에서 멈췄다.

612호 병실.

12살 난 양이닝의 병실이다. 베이징 아래의 칭다오에서 온 환자. 그러나 국가어린이병원 의료진이 포기한 환자였다. 간호사가 볼 때 양이닝의 목숨은 오늘 밤을 넘기기 힘들었다. 그렇다면 신이 아닌 한 헛수고다.

의료인도 취사선택을 해야 하는 순간이 있다. 죽어가는 환자에 매달릴 시간에 다른 환자를 구하는 게 옳았다. 윤도가 모를 리 없었다. 더구나 여기는 베이징. 모든 진료를 윤도가 주도하는 게 아니다 보니 쉬운 길로 가는 게 옳았다.

하지만 윤도는 영약을 가지고 있었다. 이걸 가지고도 쉬운 환자부터 시작한다는 건 보신주의에 불과할 뿐이다. 그건 양심의 문제였다.

"열어주시겠어요?"

윤도의 목소리는 미치도록 담담했다. 쓸데없이 비장하고 싶지 않았다.

"선생님, 이 환자는……"

간호사가 주의를 환기시켰다.

"열어드리세요."

윤도 뒤의 왕민얼이 지원했다. 그제야 간호사가 문을 열었다. 마지못한 손놀림이다.

딸깍!

문소리와 함께 병실 풍경이 나왔다. 양이닝은 산소호흡기를 달고 있었다. 이미 그녀를 진맥한 윤도. 어린 그녀가 생과 사의 경계에 있다는 걸 모를 리 없었다.

"죄송하지만 이 아이는 뇌에도……."

간호사가 한 번 더 부연을 했다. 한바탕 소란을 지켜본 리빙빙 간호사. 윤도의 신념을 읽었지만 그럼에도 이 아이는 가능성이 없는 쪽이었다.

"간호사 선생님, 채 선생님은 중국어 잘합니다. 특히 문자 해독은 선생님 이상일지도 몰라요."

왕민얼이 다시 부연했다. 그제야 간호사의 입이 닫혔다.

윤도가 재차 맥을 잡았다. 마스크는 했지만 손은 맨손이었다. 아이를 돌려 등을 보았다. 독맥혈이 울퉁불퉁 돌출해 있었다. 병변이 뇌로 올라간다는 신호이다.

'젠장!'

생각보다 속도가 빨랐다. 폐렴보다 뇌로 가는 사기(邪氣)의 기세부터 잡아야 했다. 서둘러 독맥의 끝 장강혈에 장침을 넣었다. 명문을 지나 머리 위 백회와 전정혈에도 장침을 넣었다. 마무리는 윗니 잇몸의 은교혈이었다. 원래는 독맥의 모든 혈자리에 침을 넣으려던 윤도. 아이의 체력이 바닥이기에 백회혈에서 스물여덟 혈자리 조절에 들어갔다.

사기.

독맥 전체를 장악한 사기.

이걸 빼주지 못하면 마침내 아이의 뇌는 바이러스의 차지가 될 것이다.

'한번 해보자고.'

기꺼이 백병전을 받아들였다. 백회혈에서의 사투는 치열했다. 느닷없는 신침 난입에 당황한 사기가 불뚝거리며 요동을 쳤다. 머리를 잡으면 가슴이, 가슴을 잡으면 가슴 아래에서 발악하는 것이다. 거기서 약침을 뽑았다. 침은 독맥의 한가운데 신주혈로 들어갔다. 타미플루의 원료가 되는 Shikimic acid와 국산 한약재 진액을 칵테일 한 처방이다.

화악!

신주로 들어간 약침은 뜨끈한 화침으로 변했다.

신주혈······.

어린이를 대상으로 한 침뜸은 역시 신주와 명문혈이다. 이 둘을 합쳐 '명주혈'이라고도 부른다. 특히 가슴 위의 병이라면 닥치고 신주혈이라고 할 정도였다.

그러나 그걸 보는 왕민얼은 다시 한번 얼어붙고 있었다. 신주혈의 위력. 그가 모를 리 없었다. 하지만 신주혈의 혈자리는 대충 잡을 수 있는 게 아니었다. 아이의 두 팔을 뒤로 당기고 머리까지 젖혀야만 가능한 어깨뼈 사이의 혈자리. 그 혈을 누워서 떡 먹기로 잡아내는 윤도였다.

'채윤도……'

왕민얼은 남몰래 혀를 내둘렀다. 윤도와 처음 만난 건 명의 순례였다. 거기서 상견례를 한 채윤도는 평범한 한의사에 불과했다. 혈자리에 대한 지식은 해박했지만 그거야 앵무새 재잘거림에 불과한 일. 여러 실습에서 확인한 윤도의 침술은 왕민얼의 아래였다.

그런데 지난번 한국의 세미나에서도 그랬지만 지금은 아예 왕민얼이 존경하는 장지커보다도 위였다. 더구나 지금은 실전이 아닌가?

그 순간 윤도는 아이의 침을 뽑기 시작했다. 독맥의 붓기를 잡은 것이다. 불거진 정맥 줄기처럼 튀어나온 독맥이 스러지고 있었다.

'곁가지는 쳤고……'

윤도는 쉬지 않았다. 독맥의 사기를 잡았다지만 진료의 일부에 불과했다. 아이의 독감 바이러스 본진은 폐와 상기도. 이걸 해치우지 못하면 독맥의 치료는 의미가 없을 일이다.

'열……'

분투하는 사이에 아이의 열이 올랐다. 간호사가 체크한 체온은 무려 40.2℃였다. 당연한 말이지만 특히나 폐장 쪽이 심했다.

"열이 너무 심해요."

간호사가 울상이 되었다. 해열제는 투여되고 있는 상황. 그럼에도 제어되지 않는 열이다. 윤도의 손이 폐수혈을 짚었다. 피침을 꺼내더니 그 옆을 살짝 베었다. 피가 조금 배어나왔다.

"한 번 더 체크하세요."

윤도가 간호사에게 지시를 내렸다.

"……!"

체온을 잰 간호사가 눈을 의심했다. 그녀는 뭔가 잘못된 줄 알고 한 번 더 체온을 측정했다.

"38.1℃……."

대답하는 간호사의 목소리가 떨렸다. 믿기지 않게도 체온이 뚝 떨어진 것이다. 우연이나 기적이 아니었다. 그건 침으로 얼마든지 가능한 일이었다.

윤도는 의자(醫者)는 의야(意也)라는 말에 따랐을 뿐이다. 동의보감에 따르면 때에 따라 임기응변으로 치료하라는 의미이다. 병원에 해열제가 있지만 그걸 더 투약하고 어쩌고 할 시간이 없었다.

'격수, 간수, 비수, 신수, 활육문… 그리고 폐…….'

혈자리에서 읽은 독감 바이러스의 침투 코스를 복기했다. 병이란 원인부터 알아야 한다. 이 질병이 어디로 들어왔는지를 안다면 환자를 살릴 수 있었다. 윤도는 그렇게 믿었다.

'그렇다면…….'

결론은 하나였다. 독감 바이러스가 성성한 폐에서 역순으로 병을 밀어내야 한다.

사삿!

다시 약침이 꽂히기 시작했다. 처음 들어가는 폐수혈에는 산해경의 영약 주별의 약침을 찔렀다. 나머지 격수까지는 한약 약침이었다. 폐수에서 격수까지의 침감은 내림차순으로 강약을 계산했다.

"이 아이 이름이 뭐라고요?"

폐수혈 자리의 장침을 잡은 윤도가 간호사에게 물었다.

"양이닝……."

"헤이, 양이닝. 닌 하오?"

윤도가 환자를 불렀다. 환자는 눈만 깜빡일 뿐 대답하지 못했다.

"나는 한국에서 온 채윤도야. 많이 아프지?"

"……."

"몸이 나으면 뭐 하고 싶어?"

"……."

"그거 생각하고 있어. 침이 끝나면 내가 물어볼 거거든."

"네……."

아이가 대답했다. 모기 소리만 했지만 분명 대답을 했다. 아이 이마를 쓸어준 윤도는 드디어 폐수혈의 침 끝을 감기 시작했다. 침은 시계 반대 방향으로 돌았다. 미세하지만 폐장 안에서 우르르 천둥을 쳤다. 그렇게 형성된 침감을 심장, 기문혈, 대거혈 너머의 천추혈에 밀어 보냈다.

주별.

전염병이나 유행병을 막아주는 영약.

거기에 보태지는 윤도의 신침 명침.

그 시너지가 사기를 압박해 나갔다. 기세가 천추혈을 넘어 활육문에 다다랐다. 조금 더 분투하자 신수혈과 비수혈까지 미쳤다. 남은 건 간수혈과 격수혈이다. 중병은 본래 격수와 간수혈 사이에 숨는다. 그들의 최후의 아지트다. 조금 더 심한 악질은 고황혈로 간다.

그런데……

"선생님!"

바이탈 사인을 보던 간호사가 거기서 비명을 질렀다.

"……!"

왕민얼도 파랗게 질려 버렸다.

양이닝.

바이탈 사인이 멈춰 있었다.

"어떡하죠?"

간호사가 또 울상이다. 응급조치의 지시를 기다리는 것이다. 윤도는 재빨리 맥을 확인했다.

"……!"

희미한 결대맥이 잡혔다. 가늘게 뛰다가 고요히 쉬는 맥. 너무 약해 윤도의 손에나 잡힐 법한 맥이다. 이 맥은 심장병이 있거나 죽어가는 사람에게 잡힌다. 양이닝이라면 후자 쪽이었다. 바이러스의 발악을 견디지 못한 것이다.

진맥하는 손이 발목으로 내려갔다. 태계혈과 충양혈을 짚었다. 아직 맥이 남아 있다. 아직은 이승과 닿은 끈을 완전히 놓은 게 아니었다.

신주혈!

거기에 장침을 넣었다. 역시 신장이었다. 삶의 근본은 신장에 달려 있다. 당연히 신장의 정기를 먼저 살려야 했지만 위중한 탓에 병소의 본진부터 친 윤도. 어린 환자가 그걸 버티지 못한 것이다. 조금, 아주 조금만 버텨주면 되었을 것을.

신주혈 다음으로 격수와 간수혈을 잡았다. 주저할 것도 없이 주별의 약침을 넣었다. 두 혈자리에서 조금 비낀 좌우의 혈이었다. 이 독감 바이러스의 최후의 보루였다.

신주혈에 사력을 다했다. 뜨끈한 화침이 시들어가는 신장에 정기의 물을 뿌렸다. 신장에 남은 건 고작 한둘의 정기 뿌리. 이걸 살리지 못하면 태계혈의 맥이 성등 끊어질 판이다.

"양이닝!"

윤도가 소리쳤다.

"조금만 버텨! 다 나아서 가고 싶은 데 가야지!"

중국어로 외치는 윤도의 목소리는 절규에 가까웠다.

"힘든 거 알아! 하지만 나으려면 지금 힘을 내야 해! 지금이 아니면 힘을 내도 소용없어!"

"채 선생……."

지켜보던 왕민얼이 차마 보지 못하고 고개를 돌렸다. 자책이다. 못 견딜 자책. 왕민얼은 한 번도 이렇게 간절한 적이 없었다. 환자들에게 최선을 다했다지만 윤도와 비교하면 하늘과 땅이었다. 그제야 알 것 같았다.

채윤도.

그가 왜 이토록 높은 침술의 성취를 이루었는지. 왕민얼처럼 자신의 의술 안에서 최선을 다하는 닫힌 의술이 아니었다. 윤도의 의술에는 품격이 있었다. 휴머니즘과 간절함이 있었다. 왕민얼은 그래서 떨었다.

대한민국 한의학(韓醫學).

중의들은 한의학을 발아래로 보았다. 왕민얼의 마음속에도 그런 기류는 도도했다. 하지만 이 단 하나의 사례로 무너졌다. 환자를 살리고 못 살리고의 결과가 문제가 아니었다. 오롯이 환자를 겨누는 의자(醫者)의 의술. 그것만으로 윤도는 편작, 화타와 함께 회자될 자격이 있었다.

"조금만… 아주 조금만……."

윤도의 손은 멈추지 않았다. 미세하게 움직이는 침 끝. 그러
나 그 미세함 속에 가해지는 치열한 염원과 비원. 그 의술의
폭풍을 왕민얼은 알 것 같았다.

"신의(神醫) 강림……."

왕민얼이 중얼거렸다. 그 소리를 간호사 리빙빙도 들었다.
공감한다는 듯 그녀가 고개를 끄덕였다. 그들 앞에서 시침하
는 윤도는 신의의 현신이었다.

지성이면 감천.

마침내 신주혈에서 반응이 왔다. 죽은 혈이 아니라 살아서
펄떡거리는 혈자리의 반응이었다.

"바이탈 사인이 돌아와요!"

간호사가 소리쳤다. 그 말을 놓칠세라 윤도가 침 끝을 밀어
넣었다.

동작 그만!

독감 바이러스를 향한 결정타였다.

삐이삐이!

바이탈 사인이 제자리를 찾기 시작했다.

혈압, 맥박, 호흡, 체온……. 정상치는 아니지만 최악은 벗어
났다. 윤도는 쉴 새 없이 마무리 치료를 계속했다. 폐수혈에서
찌꺼기 사기를 밀어내는 작업이다. 환자가 한번 까무룩 넘어
갔기에 더 서둘러야 했다. 다행히 간수와 격수 근처까지는 어

럽지 않았다.

하지만 바이러스 또한 버티기에 들어갔다. 윤도가 약침을 하나 더 꽂았다. 또 하나를 더했다. 폐수혈에 세 개의 장침이 들어가자 추진력에 날개가 돋쳤다.

'날아라!'

윤도는 세 개의 손가락으로 세 개의 장침을 동시에 감았다.

후웅후웅!

숭고한 침감이 쾌속으로 밀려 나갔다. 격수와 간수혈의 바이러스는 몰아치는 신성을 버티지 못했다.

'해냈다.'

윤도의 심장에 불이 들어왔다. 침감이 헐거워졌다. 격수와 간수혈이 맑아지고 있었다. 기어이 독감의 병세를 격파한 윤도였다.

"바이탈 사인이 정상치에 가까워지고 있어요!"

간호사가 소리쳤다. 그녀의 목소리에는 어느새 윤도에 대한 애정과 신뢰가 깃들어 있었다.

'후우.'

윤도 입에서 안도의 숨이 나왔다. 몸은 땀으로 다 젖은 후였다.

"채 선생님."

왕민얼이 멸균 거즈를 건넸다.

"간호사 선생님."

윤도는 거즈보다 간호사를 불렀다.

"네!"

목소리에 경외감마저 깃든 간호사, 부동자세로 윤도에게 예를 갖추었다. 말로만 듣던 신의(神醫). 그걸 확인했으니 넋이 반은 나가 있었다.

"그 아이 보호자 있지요?"

"네."

"위기를 넘겼다고 전해주세요."

"네, 선생님!"

간호사는 허리가 부러져라 인사를 하고 문으로 뛰었다.

"그런데 선생님."

그녀가 문 앞에서 윤도를 바라보았다.

"말씀하세요."

"원장님과… WHO 관계자들에게도 알릴까요? 특이 사항이 있으면 보고하라는 지시를 받았거든요."

"상관없습니다. 그리고… 병원 의료진도 부르세요. 뒷일은 그분들에게 맡기겠습니다."

"네, 선생님!"

간호사는 한 번 더 허리를 조아리고 복도로 뛰었다.

"고맙습니다."

그제야 왕민얼에게 인사를 하고 거즈를 받았다. 순간 환자
의 손이 윤도 손을 잡았다.

"양이닝."

윤도가 아이를 바라보았다. 아이 얼굴 역시 땀투성이였다.
받은 거즈로 아이의 이마부터 닦아주었다.

"선생님……."

아이의 목에서 가는 소리가 새어 나왔다.

"잘했어. 잘 참아주었어."

윤도가 아이를 달랬다.

"선생님, 몸이 나으면 뭐 하고 싶으냐고 물었죠?"

"응. 이제 생각났어?"

"다 나으면 선생님 얼굴을 그리고 싶어요."

"내 얼굴?"

"저 그림 잘 그리거든요. 고마워요. 다른 선생님들은 다 제
가 틀린 거 같다고 수군거리고 나갔는데……."

아이의 말이 울컥 윤도의 목젖을 후려쳤다.

"아니, 내가 고맙지. 잘 버텨줘서 정말 고맙다."

윤도가 아이의 손을 잡았다. 목이 멘 왕민얼은 차마 더 보
지 못하고 꺽꺽 북받친 소리만 토해냈다.

*   *   *

"Oh my God."

윤도의 쾌거에 중국 당국자들과 WHO 역학조사관들이 경악을 금치 못했다.

"티안 아!"

병원 관계자들의 벌어진 입도 다물어지지 않았다. 특히 원장과 병원 실무진, 각 성에서 자원해 온 명의들이 그랬다. 그들이 의견 일치로 포기한 양이닝이다. 오늘 밤을 넘기기 힘들다고 본 양이닝. 그래서 예상 사망자 숫자의 첫머리에 오른 아이. 그녀의 얼굴은 그 진단을 무색케 하고도 남았다. 생기가 돌아온 것이다.

'폐렴이 사라졌다.'

직접 청진기를 들이댄 원장이 휘청거렸다. 동시에 서른셋 척추 마디에 얼음이 맺힌 듯 서늘하다. 내로라하는 명의들과 함께 확진한 치명적인 폐렴. 흔적만 남기고 사라진 것이다.

'뇌염 증세까지도……'

넋이 단체로 흔들렸다. 중국의 중의, 양의 연합군은 한마디로 망연자실했다.

"이닝!"

소식을 듣고 달려온 어머니가 목이 메어 양이닝을 품었다. 국가적 재앙이 되어버린 독감. 그리하여 생때같은 딸을 격리

실에 빼앗기고 죽음의 통보만 기다리던 그녀에게 일어난 기적
이었다.

"엄마."

양이닝 역시 어머니의 품을 파고들었다.

"으허엉, 흐엉!"

어머니는 대성통곡을 했다. 이대로 보내는 줄만 알았던 딸
을 되찾은 기쁨이었다.

"엄마, 있잖아……."

양이닝이 그 어머니의 귀에 대고 뭔가를 속삭였다.

"알았지?"

"그래, 그래."

딸의 요청을 받은 어머니가 딸의 손을 잡고 고개를 끄덕였
다.

그 시간 윤도는 세 번째 병실에 있었다. 문제의 그 간부 아
들 차례였다. 치료하기로 한 이상 사심은 내려놓았다. 병세만
으로 보면 이 아이도 생명을 위협받는 상태였다.

"아까부터 의식이……."

간호사가 말했다. 윤도는 침착했다. 이 아이, 윤도가 최초
진맥할 때는 의식이 있었다. 그 후로 독감 증세가 더 심해졌
다는 얘기이다.

이번에는 족삼리부터 노렸다. 아이가 침을 잘 받지 않는 채

질이었다. 그렇잖아도 의식이 없는 판에 치명타가 될 수 있었다.

거기서 왕민얼이 두 번 놀랐다.

족삼리……

아이에게는 잘 놓지 않는 혈자리이다. 나아가 윤도는 장침의 명인. 그조차 사전 안전조치를 해야만 하는 아이의 혈자리가 궁금했다.

"……"

첫 침에서 궁금증이 풀렸다.

'철혈……'

왕민얼은 현기증이 일었다. 철혈이라면 기혈(奇穴) 중에서도 기혈이다.

족삼리 부근에 호침 두 개가 먼저 들어갔다. 그것으로 타깃 혈자리의 긴장을 푼 윤도, 진짜 족삼리혈을 향해 장침을 밀어 넣었다. 주저하면 안 된다. 혈자리가 튕김을 내기 전에 먼저 찔러야 하는 혈이었다.

'후욱.'

족사리혈에 대한 선공은 성공이었다.

다음 침은 신주와 명문혈이다. 윤도의 손은 여전히 신중했다.

"……!"

지척의 왕민얼은 압도감의 극치에 있었다. 마치 물결 같은 침술이었다. 바람처럼 들어가고 바람처럼 움직인다. 그렇기에 기혈이나 금혈을 만나도 흔들림이 없다. 신선이 침을 놓으면 저런 모습일까 싶다.

득지어심(得之於心) 응지어수(應之於手).

마음으로 깨우치고 손이 거기에 응한다.

그가 아는 이상형의 침술 단어가 떠올랐다. 말로만 듣던 침술의 경지를 오늘 보고 있는 것이다.

이 아이는 경혈부터 잡았다. 혈자리의 반응이 그랬다. 경혈은 본시 천식과 기침에 좋다. 추웠다 더웠다 하며 기를 해치는 한열에 애용된다. 경혈을 말하려면 오수혈을 먼저 언급해야 한다. 오수혈은 12경맥에 속해 있는 다섯 혈자리로, 다섯 가지 성질을 갖고 있다. 경맥의 기가 나오는 곳이 정혈, 기가 머무는 곳이 형혈, 기가 주입되는 곳이 수혈, 경혈은 기가 흐르는 곳이다. 그곳에 영약 주별의 약침을 넣었다.

다음으로 침이 들어간 혈자리는 좌우의 고황이었다.

아이의 고황은 부어 있었다. 본래는 4, 5번 흉추의 극돌기 틈의 견갑골 내연에 위치한다. 경횡동맥과 늑간동맥이 가깝다. 견갑배신경과 흉신경도 가깝다.

"......!"

피하로 들어가던 장침이 멈췄다. 주변에 호침의 지원까지

세워놓았건만 철혈은 달랐다.

고황.

심폐 두 장기의 치명상을 반영하는 곳. 한의학의 정설로는 고황에 든 병은 치료가 어려운 것으로 본다. 철혈이 아니더라도 자침이 어렵다. 깊이 자침하면 안 된다. 윤도의 신침은 예외지만 신경 써야 할 부분이 너무 많은 고황이었다.

좌우에 호침 하나씩을 더 세웠다. 그제야 혈자리의 반발이 조금 줄었다. 왼손으로 살며시 주변을 어르며 장침을 넣었다. 이번에는 윤도표 한방 약침이었다.

"……!"

보사를 하려는 순간 침이 감겼다. 놀란 윤도가 재빨리 침 끝을 들었다. 사기가 딸려 올라왔다. 그 기세에 지지 않고 침을 밀었다. 들어가지 않았다. 이렇게 되면 윤도와 병세의 기 싸움이다. 독감은 불뚝거리고 윤도는 그에 맞섰다.

5분, 10분, 20분…….

윤도는 숨도 쉬지 않은 채 침 끝에만 집중했다.

"선생님……."

지켜보던 리빙빙 간호사가 왕민얼을 톡 건드렸다. 윤도가 걱정되는 까닭이다.

"쉬잇, 지금 한판 승부입니다."

왕민얼이 손가락을 입술에 대고 말했다. 이것은 마치 현대

의학의 중대 수술 장면과도 같았다. 도와줄 수도 없고 건드려 서도 안 된다. 오직 윤도의 능력으로 대처해야 하는 순간이었 다.

'채 선생······.'

왕민얼이 두 손을 모았다. 그리고 그 역시 한의학을 펼치는 한 사람으로서 간절한 마음을 보태주었다.

'당신을 믿습니다.'

고황의 혈투.

윤도에게는 그랬다. 말하자면 병세의 운명을 판단하는 격전 지였다. 여기에서 지면 아이는 가망이 없다. 하지만 이 전투를 승리로 이끌면 파죽지세가 될 수 있었다.

대거혈을 첫 지원군으로 삼았다. 윤도표 약침이 들어갔다. 대거혈은 폐렴의 본산이라고도 불린다. 단순한 폐렴이라면 윤 도의 장침 한 방으로 폐렴을 종식할 수도 있는 곳.

그런데 거기에 침을 넣으니 뜻밖에도 기죽마혈에서 반응이 왔다. 기죽마혈 역시 감기의 명혈. 감기와 독감이 다르다지만 기본은 역시 중요하다. 그걸 놓칠 리 없는 윤도가 기죽마혈에 도 약침을 넣었다.

'아!'

손끝에 숭고함이 느껴졌다. 거기가 명혈이었다. 마치 제갈

공명의 예지가 적중이라도 된 듯 고황의 사기가 헐거워지기 시작했다. 그 틈을 타 감았던 침을 풀며 약 기운을 퍼뜨렸다.

연연천상월(娟娟天上月),
상견간하활(相見間何濶),
호재가인면(好在佳人面),
영아심대활(令我心大豁),

잠시 고개를 드니 한시가 적힌 액자가 보였다.

곱디고운 하늘 위 달이여,
본 지 얼마나 오랜 시간이었나.
내 마음을 활짝 펴게 하누나.
잘 있었구나, 미인 같은 네 얼굴.

뜻을 읊조리는 순간 아이의 몸에 서광이 보였다. 달처럼 환한 기운. 고황으로부터 출발한 서광이었다. 발악하던 독감의 본진이 마침내 무너진 것이다.

경맥에 마무리 침을 넣었다. 낙맥과 경맥은 거의 같은 높이. 그러나 경맥의 침은 상승하고 낙맥의 침은 하강한다. 그렇기에 침감의 상승으로 폐와 상기도의 독감 잔존 세력을 쓸어

버리는 윤도였다.

고황.

그 안에 한 발 넣은 병마를 뚫은 윤도.

"후우!"

한숨과 함께 윤도가 출렁 흔들렸다. 겨우 몸을 가누다 왕민얼과 시선이 닿았다.

"......"

왕민얼은 아무 말도 하지 않았다. 간호사는 믿기지 않는 상황에 넋이 반쯤 나가 있었다. 그 장엄한 침묵 사이로 아이의 목소리가 밀려 나왔다.

"엄… 마……."

세 사람이 동시에 고개를 돌렸다.

의식이 돌아온 아이였다.

"아아악!"

소식을 들은 당 간부가 행복한 오열을 했다. 그는 당장 윤도에게 고마움을 표하고 싶어 했지만 윤도가 사양했다. 당 간부의 신분 같은 건 관심 없었다. 그저 한 아이를 살린 것만이 팩트였다.

이날 밤 윤도는 열네 어린이를 모두 치료했다. 사경을 헤매던 아이들도 모두 구해냈다. 베이징은 신기록을 달성했다. 첫 사망자가 난 후로 날마다 몇 명씩 죽어가던 아이들. 이날만은 사망자가 나오지 않았다.

사망자: 0.

처음으로 사망자 제로를 기록한 어린이병원의 현황판. 그 화면이 중국 전역으로 퍼져 나갔다. 숫자 '0'은 베이징의 희망이 되었다. 희망의 불꽃은 어린이병원 의료인들 가슴에 노도처럼 번져 나갔다.

*　　　　　*　　　　　*

윤도는 이제 정도가 다소 약한 어린이들을 돌보고 있었다. 열한 살 난 여자아이는 폐렴이 독특했다. 폐열로 인해 입이 마르고 텁텁했다. 침도 나오지 않았다.

척택혈에 장침을 넣어주었다. 척택은 폐 기운을 맑게 하여 기의 조화를 이루고 침 분비를 도와 입이 마르는 걸 돕는 명혈이다. 아이의 폐렴은 폐수와 격수혈, 어제혈의 3종 세트를 묶어 해결했다. 격수혈의 자침이 약간 난해했지만 큰 문제는 없었다.

"이 아이는……."

두 번째 아이의 침대 앞에서 리빙빙이 조심스레 운을 떼었다. 그녀는 이제 윤도와 척척 손발이 맞았다. 열 살의 환자는 심장병을 앓고 있는 아이였다.

"괜찮습니다."

윤도가 간호사를 안심시켰다. 하지만 사실 괜찮은 게 아니었다. 기존에 실시된 침술에 문제가 있었다. 우선 아이의 체력이 너무 약했다. 침술에 자신이 없다면 침을 놓지 말아야 한다. 의서에도 음양형기가 부족한 아이들은 침을 놓지 않는 게 좋다고 나온다. 그럼에도 침을 깊이 넣었다. 위기 상황에 당면하자 중의가 무리수를 둔 것이다.

그러나 그 또한 이해했다. 제한된 인력에 끊임없이 몰려드는 독감 환자들. 치료 현장에 수련의와 전공의, 전문의의 구분이 없었을 것이다.

침은 아이의 심포를 건드렸다. 모세혈관이 터지면서 약간의 출혈이 계속된다. 나노 침을 뽑아 심포경락에 넣었다. 오장직자침이다. 출혈이 있는 모세혈관의 분지를 눌렀다. 피는 더 나오지 않았다.

구미혈 때문이다. 이 혈은 임맥의 낙혈이다. 검상돌기 아래에 있다. 노련하지 않은 침술이라면 환자의 양손을 들게 하고 침 끝을 상향, 또는 좌우로 눕혀야 문제가 없다. 그런데 침이 살짝 빗나가면서 심포막을 건드렸다.

이 아이의 경우 구미혈 자침의 매력은 크지 않았다. 아마

다른 혈자리에서 큰 반응을 보지 못하자 추가로 자침한 듯 보였다. 침이 조금만 더 전진했어도 심장을 건드려 사망했을 아이. 그나마 침이 여기서 멈춘 게 다행이었다.

"어때?"

심장의 출혈을 막은 윤도가 아이에게 물었다.

"아픈 게 줄었어요."

"좋아, 이제 독감도 잡아볼까?"

윤도가 손바닥을 내밀었다. 아이는 윤도의 손바닥에 하이파이브로 화답했다. 환부를 바라보던 윤도가 고개를 들었다. 기적이다. 한둘이 아니었다.

"원장님!"

보조하던 리빙빙이 입을 열었다. 그녀의 얼굴도 땀범벅이었다. 안으로 들어선 사람은 굉장히 많았다. 원장과 의료진, 거기에 더해 바이징팅과 고위 간부 등도 보였다.

"무슨 일로?"

윤도가 고개를 들었다. 원장이든 뭐든 진료 현장에 떼거지로 들어오는 건 의료인의 자세가 아니었다.

"채 선생……."

바이징팅이 앞으로 나왔다. 그가 비장하게 말을 이었다.

"진료를 방해해 미안합니다만 지금 우리 주석께서 와 계십니다."

'주석?'

"채 선생을 보기 위해 오셨다는군요. 지금 환자들을 위로하며 선생의 치료가 끝나기를 기다리고 계십니다."

"······!"

바이징팅의 한마디에 윤도의 시선이 출렁거렸다.

중국 주석!

굉장한 사람이다. 이제는 세계 패권의 양강을 다투는 중국의 리더. 그런 사람이 어린이병원에? 게다가 윤도를 '기다리고' 있다고?

딸깍!

병실 문이 열렸다. 처음으로 치료한 양이닝의 병실이다. 중국 주석 왕마오핑은 그 안에 있었다. 비서관과 베이징 시장을 거느린 채였다. 윤도 눈에 그 모습이 들어왔다. 마스크를 낀 그는 양이닝과 이야기를 나누는 중이었다.

"채윤도 선생님!"

윤도를 본 양이닝이 소리쳤다. 주석이 고개를 돌렸다. 윤도가 선 채로 꾸벅 예의를 갖추었다. 주석이 다가왔다.

"채윤도 선생."

주석의 목소리는 굵직하면서도 정중했다.

"고맙습니다."

"별말씀을……."

"아닙니다. 중국을 대표하여 진심으로 감사드립니다."

"어려운 일에 돕는 건 한국인의 본성입니다. 작으나마 보탬이 되어 다행으로 생각합니다."

"양이닝을 보십시오."

주석이 양이닝을 가리켰다. 윤도가 바라보자 아이가 종이를 감추었다.

"보여 드리렴."

주석이 웃었다. 양이닝은 한껏 붉게 물든 뺨으로 종이를 내밀었다. 종이에 그려진 건 윤도였다. 아직 완성되지 않았지만 윤도가 분명했다. 양이닝은 정말 그림에 소질이 있었다. 그걸 위해 어머니에게 도구를 부탁한 양이닝이다.

"다른 건 몰라도 이 병원에서는 당신이 중국의 주석보다 낫소. 나도 저런 그림의 주인공은 되어보지 못했으니……."

주석의 표정은 한없이 경건했다.

"나네?"

양이닝에게 다가선 윤도가 웃었다.

"네, 채윤도 선생님."

양이닝은 또박또박 윤도의 이름을 발음했다.

"그거 그리면 나 줄 거야?"

"그럼요. 엄마가 예쁜 액자에 담아준다고 했어요."

"하지만 무리하지는 마렴."

"걱정 마세요. 선생님 덕분에 굉장히 편해요. 엄마도 너무 좋아하시는걸요."

"고맙다."

윤도가 양이닝의 두 볼을 쓰다듬어 주었다. 의술이 위대한 건 아니었다. 장침이 신적인 것도 아니었다. 위대한 건 환자였다. 이 아이가 살아주었기에 의술이 빛날 뿐이었다.

"바이 회장."

주석이 바이징팅을 불렀다.

"예, 주석 동지."

"한국에서 채윤도 선생을 모셔왔다고 들었소."

"예, 아이들이 죽어나가는 걸 그냥 볼 수 없어서……."

"HIV 스캔들로 고생이 많았죠? 이번에 거액을 쾌척한 것도 보고받았소."

"그건……."

"당신을 오래 기억하겠소."

주석이 손을 내밀었다. 바이징팅은 환한 표정으로 그 손을 잡았다.

"시장."

주석이 베이징 시장을 불렀다.

"예, 주석 동지."

"기자회견 준비하세요."

"주석께서 직접 하시겠습니까?"

"그러고 싶지만 병원 아니오? 나보다 병원장이 하는 게 좋 겠소."

"……."

"원장."

주석의 호명이 원장에게 이어졌다.

"예."

"기자와 외신들에게 이 병원에서 일어난 일을 가감 없이 발 표하세요. 무슨 뜻인지 알겠소?"

"주, 주석 동지……."

"우리 중의들은 따끔한 분발이 필요하오."

주석이 잘라 말했다. 위엄에 압도된 병원장은 숨조차 제대 로 쉬지 못했다.

"그리고 채 선생."

"예."

"미안하지만 중국의 주석으로서 부탁 하나 해도 되겠소?"

"무엇인지……."

"얼핏 들은 얘기로는 위독한 환자들만 보고 한국으로 돌아 간다고 들었소. 그 스케줄을 하루만이라도 더 연장해 주시면 안 되겠소?"

"……?"

"부탁하오."

"……."

당황한 윤도의 눈이 바이징팅에게 돌아갔다. 하지만 바이징팅 역시 당황스럽기는 마찬가지였다.

대륙의 주석.

베이징의 어린이병원까지 와준 것만 해도 대단한 사건이다. 이제 격려를 마쳤으니 그냥 돌아가도 인민들에게 칭송을 받을 일이다. 그런 그가 윤도에게 부탁을 하고 있다. 이건 너무나 이례적인 일이 아닐 수 없었다.

"저는……."

윤도가 난색을 표했다. 자칫 하루가 이틀이 되고 이틀이 사흘이 되면 곤란했다. 한국의 예약 스케줄을 통째로 버릴 수는 없는 까닭이다.

"단 하루만이라도……."

"……."

"양이닝."

주석이 아이를 불렀다.

"네, 주석님."

양이닝이 앙가슴을 내밀며 대답했다.

"내 힘만으로는 명의를 잡기가 어렵구나. 네가 좀 도와주지 않겠니?"

"제가요?"

"채 선생님이 하루라도 더 머물면 이 병원 아이들이 더 많이 나을 수 있지. 그중에는 네 친구도 있지 않을까?"

"제 친구도 있어요."

"내 체면 좀 살려주겠니?"

주석이 양이닝과 시선을 맞추었다. 결국 양이닝이 나서게 되었다.

"채윤도 선생님, 도와주세요."

"……."

"제 친구들도 낫게 해주세요."

"……."

"채 선생……."

지켜보던 바이징팅까지 어깨를 으쓱해 보였다. 수락해 달라는 지원이었다.

"네 친구 이름이 뭐지?"

윤도가 양이닝에게 물었다.

"양서징이요. 나랑 같이 왔는데 성도 같아요."

"그 아이는 어디에 있죠?"

윤도가 리빙빙을 바라보았다.

"2층 병실입니다."

"안내하세요. 양이닝의 그림을 받으려면 하루는 더 있어야 겠군요."

"와아!"

윤도의 대답과 함께 함성이 일었다.

짝짝!

박수도 나왔다. 주석이 시작이었다. 윤도는 간호사를 앞세 워 복도로 나왔다. 박수는 오래오래 윤도의 뒤통수를 따라왔 다.

*　　　　*　　　　*

펑펑펑!

병실에 카메라 셔터가 터졌다. 침대의 아이는 윤도가 살린 아이였다. 회복 상태가 좋아 인터뷰도 할 수 있었다.

"침 맞고 나았어요. 감사합니다, 의사 선생님들."

원장은 복도로 나와 기자회견을 가졌다. 뒤에는 양방진료 부장과 한방진료부장 등의 주요 의료진이 함께 포진하고 있었 다.

"치료책을 찾은 겁니까?"

"독감의 기세를 잡았습니까?"

기자들의 질문 공세가 시작되었다.

"애석하게도 그건 아닙니다."

원장이 답했다.

"그런데 어떻게 중증 환자들이 회복한 겁니까? 화타나 편작의 점지라도 받은 겁니까?"

인민일보 기자가 소리쳤다.

"그렇습니다."

원장이 그 말을 받았다. 이내 복도에 싸한 정적이 흘렀다. 베이징 최대의 어린이병원. 양방과 한방 협진으로 중국 최강으로 불리는 병원이다. 그런데 그 병원의 원장이 고대의 화타와 편작이라니……. 질문을 던진 기자조차도 얼떨떨한 표정이다.

"화타와 편작? 무슨 의미입니까?"

기자가 마이크를 내밀었다.

"어제 우리 병원은 분명 유의미한 성과를 거두었습니다. 독감 유행 이후 날마다 발생하던 어린이 환자 사망이 없었으니까요."

"그러니까 그 이유를 묻고 있는 겁니다."

"어젯밤의 쾌거는 한의학의 쾌거입니다. 환자의 인터뷰에서도 들었듯이 침술이 독감의 기승을 잠재웠습니다. 그렇기에 화타와 편작이라고 답한 겁니다."

"지금 이 병원에 각지의 중의 명의들이 의료 지원차 와 있다고 들었습니다. 그분들이 이룬 기적입니까?"

"그렇습니다."

"누구입니까? 설마 병상의 장지에용 박사는 아닐 테고… 이름을 밝혀주십시오."

"그 명의의 이름은……."

원장은 한숨을 죽였다가 또렷하게 말을 이었다.

"채윤도입니다."

"채윤도?"

기자들이 웅성거렸다. 대부분이 의학 전문 기자이거나 보건에 관련이 있는 기자들. 그렇기에 중국 10대 중의를 꿰고 있었다. 하지만 그들의 기억 장치에 채윤도는 없었다.

"어느 성 중의입니까? 처음 듣는 이름입니다."

"그럴 수밖에요. 그는 우리 베이징 어린이들을 돕기 위해 한국에서 날아온 젊은 한의사입니다."

"한국?"

"그는 믿기지 않는 침술로 위독한 어린이들을 살렸습니다. 어쩌면 화타와 편작께서 보낸 의인일지도 모르죠. 그래서 화타와 편작의 점지라는 질문에 동의한 겁니다."

─한의(韓醫) 혼자 이룬 기적.

원장의 방점은 거기에 있었다.

"중의가 아니라 한의가, 주역이었다는 겁니까?"

"주역이 아니라 그 혼자 이룬 쾌거입니다."

원장은 분명하게 선을 그었다.

"우!"

기자들이 출렁거렸다. 중국의 내로라하는 명의들이 몰려든 어린이병원. 마침내 그들이 치료책을 찾은 걸로 생각한 기자들이다. 그런데 느닷없이 한국의 한의사라니?

"채윤도, 채. 윤. 도!"

"어젯밤의 쾌거 주인공이 한국의 한의사라는 거야. 어떤 인물인지 당장 자료 좀 부탁해."

본사로 전화를 거는 기자들의 숨이 넘어가고 있었다.

펑펑!

다시 카메라가 셔터가 쏟아졌다. 이번에는 윤도 앞이었다. 낮에 다른 병원에서 위독한 환자 넷이 이송되어 왔지만 그 또한 회복으로 돌려세웠다. 이제 이 병원을 포함해 인근 병원에는 위독한 어린이가 없었다.

기자회견은 길게 하지 않았다.

"아직 돌볼 어린이가 남아 있습니다."

윤도의 마무리였다.

기자들은 맥없이 물러났다. 밤새 홀로 전쟁터를 지켜낸 사람. 독감의 병마와 맞서 기적을 일군 사람. 그런 신의의 장침

시술을 막을 기자는 대류에 없었다.

남은 방의 환자 여섯에게 자침을 했다. 위독한 환자를 넘긴 후부터는 왕민얼과 함께했다. 그는 주로 호침을 썼다. 얇게 자침되었다. 일반적인 경우의 침술이라면 그게 옳았다.

"Shikimic acid입니다."

약침의 성분에 Shikimic acid를 주원료로 썼다는 것도 알려주었다.

"채 선생."

왕민얼의 눈빛이 흔들렸다. 무슨 약침 하나 개발하면 비방인 양 숨기고 또 숨기기는 한국이나 중국이나 다르지 않았다. 그렇기에 윤도의 배포에 놀라는 왕민얼이다.

하지만 윤도의 생각은 달랐다. 약침의 성분은 중요하다. 하지만 더 중요한 건 성분비였다. 똑같은 재료를 준다고 해서 누구나 맛있는 요리를 할 수 있는 건 아니니까.

윤도의 약침 용액은 WHO의 조사관들과 베이징 당국도 지대한 관심을 보였다.

마지막 독감 환자는 윤도가 매조지를 했다. 호흡기에서 기승을 부리는 놈을 잡기 위해 태열혈에 장침을 꽂았다. 진맥에서의 반응점이다. 침감을 넣었다. 아래로 손가락, 위로는 목까지 올라가는 자극이었다. 강한 자극이지만 난폭하지 않았다. 어린이임을 백번 감안한 손가락이다.

아이의 기침이 멈췄다. 그것으로 윤도의 자침도 끝이 났다.

'후우!'

겨우 숨을 돌릴 때 간호사 리빙빙이 윤도의 등을 건드렸다. 돌아보는 순간 작은 액자가 내밀어졌다. 휠체어에 탄 양이닝이다.

"양이닝."

윤도가 그녀와 시선을 맞추었다. 그녀는 어머니와 함께였다. 윤도를 본 어머니가 허리가 바닥에 닿을 듯 인사를 해왔다.

"어때요?"

액자를 넘겨준 양이닝이 물었다. 액자 속에는 윤도가 들어 있었다. 그런데 윤도 혼자가 아니었다. 그 옆에 함께 그려진 사람, 중국 주석이었다. 그의 병문안 역시 윤도에 못지않은 기억으로 남은 모양이다.

"나 혼자가 아니네?"

윤도가 물었다.

"마음에 안 들면 선생님만 다시 그릴게요."

"아니, 아주 마음에 들어."

"실은 가지고 오는데 기자 아저씨들이 찍어갔어요."

"그래?"

"제가 잘못했나요?"

"아니, 괜찮아. 아주 멋진걸. 한국의 우리 한의원에 걸어야겠어."

"다 나으면 엄마가 한국에 데려간다고 했어요. 그때 선생님 한의원에 찾아갈게요."

"그럴래?"

"그리고 저 꿈 바꿨어요. 원래는 화가였는데 선생님처럼 한의사가 되어 아픈 친구들을 고쳐줄 거예요. 이렇게 큰 장침으로."

양이닝이 두 팔을 벌려 보였다.

"이야, 그거 영광스러운데?"

"고맙습니다, 선생님."

양이닝의 두 눈이 호수처럼 반짝거렸다.

"저도 그 그림 찍어가도 돼요?"

양이닝이 돌아가자 리빙빙이 물었다.

"당연하죠."

"선생님하고 기념 촬영은요?"

"그것도 문제없어요. 우리 둘이 한 장 부탁합니다."

윤도가 왕민얼을 바라보았다.

"안 돼요."

왕민얼은 인증 샷 찍어주기를 거부했다.

"왜요?"

윤도가 묻자 왕민얼이 재빨리 윤도의 옆에 붙었다.

"나도 같이 찍고 싶으니까."

왕민얼은 말릴 사이도 없이 자기 핸드폰의 카메라 버튼을 눌렀다.

찰칵, 찰칵, 찰칵!

세 사람은 아기자기한 모습으로 영상에 담겼다. 베이징 어린이병원의 독감 전선. 그 사선의 선봉에 섰던 세 사람이다.

*　　　　　*　　　　　*

정리가 끝난 윤도가 원장실 초대를 받았다. 안에는 베이징 시장과 당 간부, WHO 관계자 등이 함께 배석하고 있었다. 그 자리에서 약침 지원을 요청받았다. 바이징팅과 베이징 당국이 비용 일체를 부담하는 형식이었다. 윤도가 수락했다. 약침의 비용은 백신의 6배 가격으로 정했다.

윤도에게 요청된 약침은 약 1만 명분. WHO의 조사관들도 인정한 것이라 가치가 컸다.

"주석님입니다."

회의 중에 걸려온 전화를 원장이 윤도에게 넘겼다. 자금성 인근의 주석궁으로 돌아간 주석이 업무 중에 전화를 걸어온 것이다.

―채 선생, 고생이 많으셨소.

"별말씀을……."

―이 상황이 타결되면 한번 초대해 정식으로 인사를 하겠
소.

"아닙니다. 그러실 것까지야……."

―베이징 시장에게 최대한 편의를 봐드리라고 했으니 편안
히 돌아가시오. 우리 인민들을 당신 이름을 결코 잊지 않을
겁니다.

"알겠습니다. 그럼……."

윤도가 전화를 끊었다.

"채 선생님."

상담실에서 짐을 챙길 때 바이징팅이 들어섰다. 이번에는
시라와 함께였다.

"선생님, 이거 받아주세요."

시라가 봉투를 내밀었다.

"뭐죠?"

"약속대로 진료비입니다. 제 성심껏 담았으니 부디 거절하
지 마시기 바랍니다."

설명은 바이징팅의 입에서 나왔다.

"진료비는 지난번에 주신 백지수표로 충분합니다. 정 뭐하

시면 거기다 조금 더 적겠습니다."

"아닙니다. 그것은 그것이고 이것은 이것이죠. 부디 받아주십시오."

"회장님……."

"덕분에 기부와 봉사의 참뜻을 알았습니다. 현장 봉사 말입니다. 그저 돈이나 몇 푼 내고 생색내듯 기자회견하는 것과는 천지 차이더군요."

"……."

"뉴욕에 상장된 우리 회사 주식입니다. 주당 50불 정도 하는데 8,888주를 담았습니다. 많지 않지만 채 선생을 우리 회사의 주주로 모시는 것도 뜻깊을 거 같아서 시라와 함께 결정했습니다. 8은 아시다시피 우리 중국인들이 가장 좋아하는 숫자라서……."

바이징팅의 손은 공손했다. 도무지 뿌리칠 수 없는 봉투였다.

"그런 의미라면 받아두겠습니다."

"고맙습니다."

시라가 좋아했다. 바이징팅도 상기된 표정을 감추지 못했다.

바당바다당!

병원 마당에 경찰 사이드카들이 몰려왔다. 공항까지 윤도를 에스코트할 인력이다. 병원 앞에는 재중 한국인들 수십 명이 있었다. 윤도의 뉴스를 보고 달려온 것이다.

"잘했어요."

"한국인으로 정말 뿌듯합니다."

"이제 한의학도 한류입니다."

한국인들이 입을 모았다. 해외에 나와 있는 그들에게 있어 윤도의 활약은 크나큰 위안이자 긍지가 된 일이었다.

"타시죠."

인사가 끝나자 바이징팅이 세단 문을 열었다. 그 앞에서 윤도가 병원을 돌아보았다.

"선생님, 안녕히 가세요."

윤도를 도운 간호사 리빙빙이 인사를 해왔다. 왕민얼은 손가락이 부러져라 세운 엄지를 내리지 않았다. 그 뒤로 도열한 마룽과 첸슈에셴, WHO의 조사관들도 엄지를 세워주었다.

"선생님."

양이닝이 격리실 층을 가리켰다.

'아!'

시선을 돌리던 윤도의 입에서 짧은 감탄이 나왔다. 창에 붙은 종이 때문이다.

채윤도 선생님 사랑해요.

모두 열 장의 종이. 격리실 병실 창에 붙은 한글이다. 삐뚤빼뚤한 걸 보니 아이들이 직접 쓴 모양이다. 격리실 창은 열리지 않는다. 어쩌면 양이닝이 아이디어를 냈을 것이다. 윤도가 두 손을 머리 위로 올려 하트를 만들어주었다. 아이들의 손이 창 안에서 반짝거렸다.

　'다들 건강하렴.'

　윤도의 진심이었다.

8. 영웅 귀환

베이징공항도 '닥치고 통과'였다. 베이징 당국의 조치였다. 바이징팅과는 출국장에서 작별을 고했다. 그 역시 글로벌 기업을 이끄는 바쁜 사람이다. 더구나 주석이 오는 통에 하루를 더 허비한 그가 아닌가?

빠라빠라빵!

탑승구 앞에서 전화기가 울었다. 한국의 정나현이었다.

─선생님, 괜찮으세요?

"물론이지."

─여기는 안 괜찮아요.

"왜?"

―뉴스에 나왔잖아요. SS병원하고 광희대학병원 과장님도 그렇고 일반 독감 환자들 전화가 빗발치고 있어요.

"뭐라고 나왔는데요?"

―이번에는 베이징대첩이라고 나왔어요. 신의 채윤도 베이징 강림. 중국의 굴기, 장침 명의 앞에서 몸을 낮추다.

"너무 오버하네. 나는요? 잘 나왔어요?"

윤도가 조크를 날렸다.

―당연하죠. 원장님은 정말… 잠은 주무신 거예요?

"가면서 자면 되죠."

―그런데…….

"또 뭐가 있군요? 빨리 말씀하세요."

―실은 위안부 할머니 한 분에게서 전화가 왔어요. 저번에 청와대에서 원장님께 침 맞은 분이라고 하더군요.

"왜요? 그분도 독감 걸리셨나요?"

―그게 아니고 위중하신가 봐요. 쉼터 직원분 말씀이 원장님을 찾는다고…….

"……."

윤도가 잠시 말을 멈췄다.

위안부 할머니, 한두 분이 아니었다. 아픈 곳도 많았다. 그걸 생각하니 또 마음이 아렸다. 세상에는 왜 이렇게 환자가 많은 걸까?

"다른 말은 없고요?"

―그냥 아무래도 위중하다는 말만… 아까도 연락이 왔는데 어떻게 할까요?

"어쩌겠어요. 귀국하면 시간 내서 들른다고 전해주세요."

―그렇게 하겠습니다.

"그리고 아저씨 좀 바꿔주세요."

윤도가 진경태를 찾았다. 미리 당부할 게 있었다.

―아, 팔각회향이요?

진경태는 금세 말을 알아들었다.

"그래요. 약침 약 1만 병분 정도가 필요합니다. 바쁘시겠지만 재료 확보하고 고생 좀 해주세요."

―수출까지 하는 겁니까?

"그렇게 되었네요. 값도 두둑하게 책정되었습니다."

―효과가 좋았군요?

"아저씨가 제대로 추출한 덕분에 약발이 끝내줬죠."

―그게 원장님 명침 덕분이지 제가 무슨… 아무튼 말씀만으로도 좋군요. 공항으로 마중 갈까요?

"아뇨. 그 시간에 약침 제조를 부탁드려요. 이쪽 상황이 좋지 않아서 빨리 보내야 할 거 같거든요. 저도 빨리 들어갈게요."

윤도가 강조했다. 베이징의 괴질 독감은 완전히 끝난 게 아니었다.

추이를 보아하니 한국 기자들이 가만있지 않을 것 같던데요?

진경태의 우려는 현실이 되었다. 당장 성수혁 차장에게서 전화가 들어왔다.

"호랑이도 제 말 하면 온다더니……."

전화를 받은 윤도가 웃었다.

―아니, 중국 땅에 경기를 일으킨 사람이 왜 이러십니까? 호랑이는 채 선생입니다. 지금 어디세요?

"베이징공항 탑승구 앞인데요?"

―저 지금 인천공항에서 기다리는 중입니다.

"혼자십니까?"

―특종인데 마음대로 되겠습니까? 제1공항에 기자들밖에 안 보입니다.

"흐음, 그럼 대한항공으로 바꿔서 2공항으로 들어가야겠군요."

―채 선생님.

"농담입니다. 어차피 맞을 매라면 빨리 맞아야죠. 대신 기자님들에게 빨리 좀 끝내달라고 전해주세요."

―그것도 보장 못 합니다. 그 정도 바라실 거면 가실 때 저

한테 귀띔이라도 해줬어야죠.

"어, 탑승하네요. 이따가 뵙겠습니다."

전화를 끊는 사이에 직원이 다가왔다. 그녀에게도 윤도를
잘 모시라는 지시가 떨어진 상황이었다. 윤도는 1번 승객으로
입장했다. 비행기 문 앞에 중국 기장과 승무원들이 나와 윤도
를 맞았다. 승무원 하나가 베이징 신문 기사를 들어 보였다.
윤도와 독감 어린이, 주석까지 아우러지는 특집 기사였다. 환
대를 받으며 1등석에 앉았다.

"저희 비행기 편으로 모시게 되어 영광입니다."

"필요한 거 없으세요?"

"뭐든지 말씀만 하세요."

기장과 승무원들이 합창했다.

"잠잘 거니까 깨어날 때까지 건드리지 말아주세요."

윤도가 답했다.

꿀잠.

윤도가 원하는 건 단 하나였다.

띠롱.

띠롱, 띠롱.

비행기가 인천공항에 멈추자 다시 켠 핸드폰. 불이 날 정도
로 문자가 표시되기 시작했다.

[멋지세요. 선생님은 늘 제 자랑입니다.]

부용의 문자였다.

[형, 초대박. 내 친구들이 신과 동급 한의사래. 내 선물은 안 사 와도 돼.]

동생 윤철의 문자.

[굉장하구나. 내 아들이 맞나 싶다. 그래도 몸은 잘 챙기고 다니거라.]

아버지의 문자에…….

[채 선생, 그 그릇을 몰라보고 한때나마 갈군 거 미안. 베이징 독감, 정말 대단해.]

이창승의 문자까지 줄줄이 들어왔다. 오죽하면 다 확인도 못할 정도였다.
"채윤도! 채윤도!"
입국장으로 나오자 입국심사대 앞의 인파가 윤도를 알아보고 환호성을 울렸다.

일부는 사인을 해달라며 몰려들었다. 꿀잠을 잤기에 사인에 응했다. 연예인들의 심정을 알 것 같았다.

입국심사대를 통과하자 공항 간부 하나가 다가왔다.

"채윤도 선생님?"

"그런데요?"

"실은 기다리는 분이 계십니다."

"저를요?"

"복지부 노 차관님이라고……."

'복지부?'

윤도가 고개를 들었다. 장 박사가 추진하는 한방의료원 일로 만난 사람이다.

"여깁니다."

간부가 사무실 문을 가리켰다. 문을 열자 노 차관과 지 과장이 보였다. 둘 다 윤도에게 침술 도움을 받은 사람들이다.

"채 선생."

노 차관이 반색하며 일어섰다.

"저를 만나러 오셨다고요?"

"그렇습니다. 일단 앉으세요."

지 과장이 자리를 권했다.

"……!"

용건을 들은 윤도가 소스라쳤다.

"WHO에서 통보요? 이번 베이징 역학조사 자료를 독감 치료와 예방에 공식 반영하겠다고요?"

"그렇다네. 그것도 사무총장이 직접 감사 인사와 함께……."

WHO 사무총장의 통보. 그 또한 이례적인 일이었다.

WHO(World Health Organization), 즉 세계보건기구.

WHO는 인류가 신체적·정신적으로 최고의 건강 수준에 도달하는 것을 목적으로 결성되었다. 이를 위해 중앙검역소 업무와 연구 자료 제공, 유행성 질병 및 전염병 대책 후원, 회원국의 공중보건 관련 행정 강화와 확장, 지원 등의 역할을 맡는다.

그 주요 역할 몇 가지를 골라보면…….

1) 보건 시설 강화를 위해 각국 정부를 지원.
2) 질병학과 통계학을 포함한 기술적, 행정적 서비스 제공.
3) 보건 분야에 대한 정보 제공, 협의, 원조.
4) 유행성, 풍토성 등의 질병 근절 노력.
5) 영양, 주거, 위생, 직장 등의 환경에 대한 위생 상태 개선 장려.

독감으로 설명한다면 WHO가 매년 예측하는 유행 정보에

준해 예방접종 백신을 준비하고 접종을 실시한다. 올해는 그게 빗나갔다. 그 탓에 WHO에도 비상이 걸린 모양이다. 그런 차에 베이징에서 괄목할 일이 일어났다. 어린이 사망 사례가 사라지면서 독감의 기세가 꺾인 것이다. 그렇기에 윤도의 침술을 주목하는 WHO였다.

"어떻게 보면 국가적 경사이기도 해서 달려왔네. 무엇보다 한의학계 쪽으로 보면 드문 일인 것 같아서 말이야."

"고맙습니다."

윤도가 답했다. 인연이란 이래서 소중한 걸까? 노 차관의 배려에 남은 피로가 가시는 윤도였다.

"입국장에 기자들이 득실거리더군. 채 선생 회견하러 온 모양이던데 끝나면 연락하시게. 서울까지는 내가 모셔다 드리겠네."

노 차관은 지시와 함께 상황 마무리를 했다.

"······!"

입국장 문이 열리자 윤도가 걸음을 멈췄다. 기자들, 굉장히 많았다. 그 뒤로 보이는 시민은 몇 배나 더 많았다.

"와와와!"

짝짝짝!

박수와 함성이 쏟아졌다.

'기왕에 맞을 매라면······.'

윤도는 거침없이 좌중 앞으로 나섰다.

"중국 주석과도 만났다고 들었습니다."

"주석과 무슨 말을 나눴습니까?"

"중국 한의계의 반응은 어땠습니까?"

"WHO에서도 관계자가 나왔다지요?"

"목숨을 구해준 소녀가 선물한 그림을 보여주세요."

기자들의 질문이 꼬리에 꼬리를 물었다.

"죄송합니다만 한의원에서 저를 기다리는 환자들이 있습니다."

몇 마디 응한 후 인터뷰를 정리했다.

부릉!

노 차관 차량에 시동이 걸렸다. 운전은 지 과장이 맡았다.

"이거 채 선생 인기가 하늘을 찌르는군."

노 차관이 흐뭇하게 웃었다.

"아드님은요?"

윤도가 화제를 돌렸다.

"아, 채 선생님 만나러 간다고 하니까 이걸 전해달라던데?"

노 차관이 공연표를 내밀었다. 모두 열 장이었다.

"아드님이 출연하나요?"

"첫 공연이지. 단역 하나 맡은 모양인데 출연료 대신 공연 티켓 열 장을 받았다고 하더군. 그래서 채 선생을 줘야 한다고……."

"어, 그러면 안 되죠. 차관님이 가셔야죠."

"아니야. 그냥 챙겨두시게. 나보고는 표 사서 오라지 뭔가?
그래야 흥행이 된다나."

"……."

"우리 정명이 뜻이 그래요. 채 선생 덕분에 꿈을 이뤘다고
날마다 행복한 아이야. 그러니 그냥 챙기시면 고맙겠네. 아니
면 내가 그놈의 눈치를 봐야 하거든."

"정 그러시면……."

별수 없이 표 열 장을 챙겼다.

"저번에는 일본이더니 이번엔 베이징. 저 먼 남해의 섬에서
시작된 행보가 놀랍네. 다음엔 또 어디를 놀라게 할 건가?"

"독일 간다고 들었는데 거기 아닐까요?"

운전하던 지 과장이 거들고 나섰다.

"너무 그러지 마세요. 부담스럽습니다."

"부담이라니? 아까 우리 부처에서 장관님 주재로 회의를 열
었는데 어떤 말이 나온 줄 아시나?"

"……?"

"지금 한의계에서 서울의료원 설립을 추진 중이지 않은가?"

"예."

"의료원장에 채 선생을 앉혀야 할까 싶다고 하더군. 나도 한

표 보냈네."

"차관님."

"솔직히 의료계 위계질서가 좀 세지. 하지만 다른 분야를 보시게. 잘나가는 분야들은 대개 젊은 두뇌들이 분전하면서 그 분야를 이끌고 있지. 의학은 생명을 다룬다는 이유로 경험을 중시하는 풍토가 있지만 천재성은 인정해 줘야 하네. 그래야 우리 의학이 확 발전해서 세계 중심이 될 수 있는 거야."

"……."

"하핫, 이거 채 선생이 나하고 우리 아들 고질병 고쳐줬다고 아부하는 거 아닐세. 나도 처음에는 이런 생각 못 했는데 채 선생 덕분에 각성하고 있지 않은가? 솔직히 세계가 인정하는 침술이네. 이런 인물 잘 안 나오는 법이거든."

"세계까지는 아니지만 저도 그렇게 되었으면 좋겠군요. 한의학이 워낙 변방 의술에 대체의학 정도로 평가되는 실정이라……."

"침술을 대폭 강화하는 한의대를 구상 중이시라고?"

"그것도 아십니까?"

"채 선생 행보는 다 주목하고 있지. 어떻게 보면 우리 아들 나이나 다를 거 없는데 정말 대단해. 채 선생 같은 사람은 국가 차원에서 후원해야 하는데……."

"그렇잖아도 대통령님의 지지까지 받고 있습니다. 이 나이에 대통령 자문의 위촉만 해도 충분한 지원입니다."

"아무튼 애로 사항 생기면 바로 말씀하시게. 우리 장관님도 잔뜩 고무되어 있으시니까."

"예."

대화하는 사이에 차가 한의원에 닿았다.

"그럼 또 보세나."

노 차관은 짧은 인사를 두고 떠났다.

"원장님!"

윤도가 들어서자 세 간호사가 비명 같은 합창을 했다. 이유는 두 가지였다. 첫째는 역시 뭐니 뭐니 해도 환자들. 베이징의 쾌거가 방송을 타면서 일반 어린이 환자들이 밀려든 것이다. 간호사들이 예약을 권했지만 먹히지 않았다. 그 탓에 접수실은 환자들로 초만원. 그 구세주가 왔으니 어떻게 비명이 나오지 않을 수 있을까?

두 번째는 당연히 반가웠기 때문이다. 동에 번쩍 서에 번쩍하며 인술을 펼치는 채윤도. 그녀들은 윤도와 함께 일한다는 게 자랑스러웠다.

"여기 들어온 환자까지만 받고 오신 차례대로 침구실로 안내하세요."

"바로 진료하시게요?"

정나현의 이마에 주름이 잡혔다.

"아니면요? 아파서 온 애들을 돌려보내요?"

윤도가 웃었다.

"그건 아니지만 원장님도 쉬셔야죠."

"아픈 애들 쫓아내고 쉬는 게 편할 리 없죠. 그렇지 않아요?"

"……."

윤도는 정나현의 팔뚝을 톡 쳐주고는 약제실로 들어섰다.

"실장님, 원장님 오셨어요!"

팔각회향을 정리하던 종일이 소리쳤다. 그러자 팔각회향 더미에 묻힌 진경태가 고개를 돌렸다.

"오셨습니까?"

"그냥 일하세요. 제가 괜히 방해했군요."

"아닙니다. 그래도 원장님 오셨는데……."

일손을 멈춘 진경태가 다가왔다.

"약은요?"

"흐음, 역시 오시자마자 약부터 챙기는군요?"

"접수실에도 독감 환자가 초만원이라서요."

"약재상 조져서 겨우 분량 맞추고 있습니다. 두 군데서 약성이 좋지 않은 게 들어오는 통에 반품시켰더니 좀 달리는군요."

"죄송합니다. 늘 일만 만들어서……."

"별말씀을. 이런 일이라면 많이만 만드십시오. 솔직히 약재 들어오는 대로 루틴으로 달여대는 것보다야 백배 낫죠. 한약 사 된 보람도 짜릿하게 느끼고요."

"그런데… 아, 아닙니다."

운을 떼던 윤도가 손을 저으며 돌아섰다.

"치매 신약 말이죠?"

눈치를 차린 진경태가 가려운 곳을 긁어주고 나섰다.

"죄송해요."

"걱정 마시고 진료하세요. 원장님 성격에 우리가 말린다고 들을 분도 아니고… 치매 신약은 새 오더대로 은 분획과 물질 분리, 활성 검색까지 마쳐두었습니다. 도쿄와 베이징에 이어 우리 민족 의학이 얼마나 위대한지 보여줄 수 있는 기회인데 한약사 된 마당에 농땡이나 부리면 안 되죠."

진경태가 기염을 토했다.

"그거 하시느라 실장님이 이틀이나 밤을 새우셨어요."

옆에 있던 종일이 현황을 중계해 주었다.

"야, 넌 그런 거 말하지 말라니까."

진경태가 핀잔을 주지만 애정이 섞여 있다. 약제실의 케미 도 더할 수 없이 좋았다.

진경태의 목소리에는 엷은 흥분마저 깃들어 있었다.

막강 케미의 일침한의원.

인술의 중심에 선 윤도의 베이징대첩은 어마무시한 '따따따블'의 축복이 겹쳐 돌아온다. 따블은 미국발이고 또 하나의 따블은 베이징 쪽이었다.

9. 지상에서 가장 아름다운 소원

1만여 명 분량의 독감 약침이 나왔다. 윤도와 진경태의 합
작품이다. 최상의 약재와 최상의 성분비, 거기에 독감 혈자리
의 포인트까지 맞추었다.

베이징에서 기가 막히게 쓰였다. 그 운용은 왕민얼이 맡았
다. 그가 윤도와 함께 시침한 점을 높이 평가받은 것이다.

젊은 중의사들을 중심으로 한 의료진의 분투 끝에 베이징
의 독감은 안정 국면에 접어들었다.

[기승을 부리던 독감이 마침내 소강기에 들어갔습니다. 어
제 베이징의 신규 환자 발생은 단 여덟 명으로 이는 평상시와

비슷한 상황입니다.]

베이징의 뉴스는 각국의 외신 시간에 다투어 소개되었다.
여전히 독감의 도가니에서 신음하는 미국과 영국, 아프리카
등에 보내는 희망이었다.

─잊지 못할 겁니다.

왕민얼의 인사 전화가 왔다. 고난을 함께하면 동지가 된다
더니 왕민얼과 격의 없이 가까워지게 되었다.

독감 쪽은 낭보였지만 비보도 날아왔다. 한류에 끼얹은 찬
물이었다. 사드 배치 문제로 경색된 한중 관계. 이제는 시원하
게 뚫릴까도 생각했지만 그렇지 않았다. 지난해 찔끔 수도꼭
지를 틀어 목만 축여주더니 다시 옥조이는 중국 당국이었다.

[우리는 한중 문화 교류 중단에 대해 당국 차원의 지시를
한 적이 없습니다.]

인터뷰에 응한 중국 외교부 대변인의 말은 특별할 것도 없
었다.

[다음 달로 예정된 문화, 예술, 가요 공연 등이 줄줄이 된서
리를 맞았습니다. 야심차게 한류 프로젝트를 기획 중이던 공
연단과 기획사들은 끝내 열리지 않은 중국의 문 앞에서 한숨
만 쉴 뿐입니다. 이로 인한 피해액만 수십억에 달하며……]

기자의 멘트와 함께 자막이 지나갔다. 부용의 SN도 그 피
해자의 하나로 나왔다.

"부용 씨."

위로를 겸한 전화를 걸었다.

—채 선생님.

"방금 뉴스 봤습니다."

—그래요.

"SN 공연도 결국 무산되는 건가요?"

—그럴 거 같네요. 선생님 쾌거도 있고 해서 마지막 반전을 기대했는데…….

"힘이 못 돼서 미안합니다."

—선생님 잘못이 아니잖아요? 우리도 어느 정도 예상은 하고 있었어요.

"완전히 끝난 겁니까?"

—티켓 예매와 무대 장치, 홍보 등의 시간을 감안하면 한두 주일 내에 특단의 결과가 나오기 전에는 물 건너갔다고 봐야 죠. 우리야 사세에 비해 견딜 만하지만 여기다 올인한 공연단 이 여럿이라 걱정이긴 해요.

"한국 정부 쪽 지원은요?"

정부.

언제 이 국민이 해외에서 일어나는 일에 정부의 역할을 기대했던가? 하나도 기대하지 않지만 그래도 기대게 되었다.

—이게 양국 정부 차원에서 시작된 문제라 정부가 나서면

더 힘들어요. 그래서 문화계가 각개격파로 시도하고 있었죠. 성 단위 책임자들과 방송국 등은 말이 통하는데 그보다 더 위에서 누르는 거 같아요.

"……"

―너무 걱정 마세요. 중국 시장이 크긴 하지만 거기가 전부는 아니니까요. 게다가 시간이 지나면 해결될 일이고요.

"이럴 줄 알았으면 지난번에 중국 주석 만났을 때 운이라도 떼어볼 걸 그랬습니다."

―말씀이라도 고맙습니다. 선생님 일은 어때요? 한의원이 성황이라 눈코 뜰 새 없는 거 같던데…….

부용이 말머리를 돌렸다.

"지난달 정산 금액은 확인했나요?"

―그럼요. 제가 만 단위까지는 확인하는 사람이거든요.

부용이 웃었다.

"제가 원 외 수입이 대다수라서 부용 씨에게 불리한 계약이던데 내년에는 수정할까요?"

―아뇨. 저는 연예 기획이 주 소득원이니까 신경 쓰지 마시고 더 많이 버셔서 좋은 꿈 이루는 데 쓰세요.

"고맙습니다. 언제 시간 빼서 밥 사러 갈게요."

―네. 언제든 연락만 하세요.

딸깍.

부용과의 통화가 끝났다. 에너지 덩어리 이부용. 중국 공연 준비에 많은 공을 들인 그녀였다. 하지만 결국 열리지 않은 중국의 문. 속이 상할 만도 하건만 흔들림이 없었다.

속은 윤도가 상했다. 각별한 그녀였기에 도움이 되고 싶었다.

'공연 결정권을 가진 공산당 간부가 앞에 있다면 장침으로 딜이라도 해보련만……'

베이징 시장과 자오우닝 상무위원, 바이징팅 등이 스쳐 갔다. 전화를 걸어 사정이라도 해볼까 싶을 때 환자가 들어왔다.

생각이 씨가 된 걸까? 다음 날 윤도에게 전화 한 통이 걸려왔다. 치매 환자를 시침하려는 순간이었다.

―원장님.

인터폰에서 정나현의 목소리가 흘러나왔다.

"시침 중인데요?"

윤도가 답했다.

―그래도 받으셔야 할 거 같아요. 중국 주석궁이라는데요?

'중국 주석궁?'

처음에는 보이스피싱인가 했다. 하지만 보이스피싱이 중국 주석궁까지 팔아먹었다는 말은 들은 적이 없었다. 긴가민가하며 전화를 받았다.

"웨이?"

―웨이 닌 하오?

중국어 인사가 오간 끝에 용건이 흘러나왔다.

―베이징 주석궁 비서실입니다. 채윤도 선생님 맞으시죠?

"그렇습니다만."

―잠깐만 기다려 주십시오. 주석께서 선생님과의 통화를 원하십니다.

"……!"

―안녕하시오, 채윤도 선생?

목소리가 바뀌어 나왔다. 베이징 어린이병원에서 들은 주석의 목소리가 맞았다. 그제야 모골이 송연해졌다. 장난 전화가 아니었다.

"주석님……."

―선생의 장침은 여전하겠지요?

"예, 환자 치료 중이었습니다만……."

―허헛, 그렇다면 용건만 전하고 빨리 끊어야겠군요. 선생은 환자 제일주의 한의이시니…….

"무슨 일이신지?"

―어제 베이징 시장의 보고를 받았소. 베이징 일대의 독감은 이제 숨이 죽었다고…….

"다행이군요."

―그 다행을 가져다준 게 바로 선생 아니시오? 독감의 절정

기에 날아와 중증 어린이들을 구하고 신속하게 지원해 준 특효 약침이 병세를 잡으면서 독감의 기세를 잡았다고 들었소.

"사명감에 불타는 왕민얼과 마룽, 첸슈에셴 등 중의들의 분투 덕분입니다."

─겸손하실 필요 없소. 나도 귀는 열어두고 있으니…….

"……."

─해서 지난번 약속대로 선생을 초대해 노고를 위로할까 하는데 잠시 시간을 좀 내시겠소?

"위로까지는……."

─사양하시면 한국 정부에 부탁해서라도 모셔야겠소. 그러니…….

"……."

─채 선생.

"유행병에 걸린 환자들을 돌보는 건 의술을 펼치는 자의 사명입니다. 더구나 그날 위기를 넘긴 아이들과 부모님들에게 충분한 인사를 받았으니 따로 공을 챙기지 않으셔도 됩니다."

─그렇게 말한다면 자국민을 구해준 은인에게 감사의 공을 챙기는 것 또한 국가 지도자의 사명입니다. 그렇지 않을까요?

"……."

주석의 반론에 윤도의 말문이 막혔다. 하루면 된다 하니 수락하고 말았다. 머릿속에 한류 공연 무산의 안개가 다 가시지 않은 탓도 있었다.

"중국 주석의 초대예요?"

옆에 서 있던 정나현이 비명을 질렀다.

"쉬잇, 기자들 몰려오면 치료에 지장 있어요."

"그래도 그렇죠. 저는 보이스피싱인 줄 알고 심장이 벌떡거렸다고요."

"벌떡거릴 만하네요. 우리 원장님 모셔가는 보이스피싱이니……."

약침을 들고 온 진경태가 합세했다.

"그 일 때문이죠? 베이징 독감."

"그렇고 하다네요."

"이야, 그래도 중국이 그런 매너는 갖추네요?"

"그만 흥분하시고 일 보세요. 환자들 아직 몇 명 남았잖아요?"

윤도가 주의를 환기시켰다. 정나현은 진경태와 함께 나란히 침구실을 나갔다. 그 어깨가 나란한 게 기분이 좋아 보였다.

'주석의 초대라……'

장침을 뽑으며 베이징을 떠올렸다. 짧은 시간이지만 독감의 전장을 함께 누빈 리빙빙과 왕민얼, 그리고 그림을 그려준 양이닝.

환자의 중완혈에 장침을 넣었다. 74세의 환자는 치매로 온 예약 환자였다. 헛소리가 심했다. 신음도 종종 했다.

하지만 치매가 아니었다.

"치매가 아니라고요?"

보호자로 따라온 40대 후반의 아들 눈이 휘둥그레졌다. 그는 막노동을 하는, 소위 '노가다' 인생이었다. 어릴 때 다리를 다쳐 한쪽 다리를 절었다. 중국 동포 여자와 국제결혼을 했지만 반년 만에 여자가 도망을 쳤다. 상심하여 술로 인생을 달래느라 노모를 챙길 여유가 없었다.

어느 날인가 노모의 헛소리가 심해졌다. 그가 보기엔 딱 치매였다. 치매 판정을 받으면 요양병원이나 요양원에 갈 수가 있었다. 그러나 공짜가 아니었다. 날품이나 파는 그에게 부담스러운 일이 아닐 수 없었다. 그래서 방치했다. 그러던 차에 이웃에서 신고가 들어갔다. 아들이 지구대로 불려갔다. 경찰이 보니 아들의 사정도 딱했다. 그 지구대장이 윤도를 기억하고 대신 한의원 예약을 해주었다. 그렇게 윤도를 만나게 된 노모와 아들이다.

"위장에 열이 심해서 생긴 병입니다. 침 몇 대 맞으면 괜찮을 겁니다."

"동네 사람들은 다들 치매라고 하던데……."

"헛소리가 심하니까 그랬을 겁니다. 조금만 기다리세요."

윤도가 보호자에게 전한 말이다.

사삿!

장침은 중완혈에 제대로 들어갔다. 침을 감았다 풀어 사기를 빼주었다.

"으음……."

노모의 입에서 짧은 신음이 나왔다. 환자의 기혈 수준에 맞춰 남은 사기를 몰아냈다. 구석에 몰린 사기가 들어온 혈문으로 쫓겨 나가는 순간, 노모의 입에서 긴 숨이 나왔다.

"아휴!"

"어떠세요?"

"맥이 탁 풀려."

노모가 답했다. 헛소리가 섞이지 않은 대답이다.

"보호자 모시고 와요."

윤도가 승주에게 지시했다.

"태구야."

아들이 들어서자 노모가 먼저 알아보았다.

"엄마."

"얼굴 좀 봐라. 밥은 먹고 댕기는 거냐?"

"아, 이 노인네, 지금 누가 누구 걱정하는 거야?"

아들은 투박한 정을 쏟아내며 노모의 손을 잡았다.

"조금 안정했다가 탕제 나오면 찾아서 모셔가세요."

윤도가 아들에게 말했다.

"저기 선생님, 여기 병원비는 무지 비쌀 거라고 하던데… 제가 가진 돈이 10만 원밖에 안 됩니다. 모자라는 돈은 노가다 며칠 뛰어서 갖다 드리면 안 될까요?"

"태구야."

침상의 어머니가 끼어들었다.

"잠깐만요. 지금 선생님이랑 치료비 얘기 중이잖아요."

"나 돈 있어."

"노인네가 무슨 돈요?"

"윗목의 장판 들치면 그 안에 검은 봉투 들었어. 나 죽으면 장례비 때문에 고생할까 봐 조금씩 모았는데 300만 원은 될 거야."

"어머니……."

"헛소리하는 거 아니야. 그거 갖다 선생님 드려."

"어머니……."

"죽을 때 되면 너한테 말하려고 했는데 속하고 머리 어지러운 게 나았으니 돈은 또 모으면 돼. 박스나 빈병 바지런히 주워서 한 2년이면 다시 모을 수 있어."

"어머니……."

아들의 목이 확 메었다. 죽을 때까지도 자식 걱정하는 어머니. 그 무거운 폐지 주워 모은 돈이 300만 원이라니 기가 막힐 지경이다.

"두 분요."

이제 윤도가 나섰다.

"선생님, 죄송합니다."

아들이 눈시울을 붉혔다.

"아뇨. 그런데 치료비는 아드님 돈으로 충분합니다."

"네?"

"탕약까지 7만 원에 해드릴 테니 3만 원은 나가서 어머니에게 따뜻한 식사라도 사드리세요. 아드님 돈이라 어머니께 보신이 될 겁니다. 어머니 돈은 두 분이 알아서 하시고요."

"선생님……."

"자, 다음 환자 모시세요!"

윤도가 승주에게 소리쳤다. 딱한 환자들은 오래 두고 보면 좋지 않다. 딱한 사정 또한 독감처럼 전염성이 강하기 때문이다.

"원장님."

새 환자를 안내해 온 승주가 인터폰을 가리켰다. 외부 전화가 걸려온 모양이다.

"여보세요?"

전화를 받았다. 발신자는 위안부 쉼터 여직원이었다.

—선생님…….

"오늘내일 넘기기 힘들 것 같아 보인다고요?"

—예. 그런데 이 할머니가 꼭 선생님을 뵙고 싶다고…….

"알겠습니다. 오후 진료 마치는 대로 가도록 하죠."

—고맙습니다. 고맙습니다.

직원은 거듭 인사말을 남겼다.

한 위안부 할머니.

임종이 가깝다는 말을 들었는데 깜박 잊고 있었다.

왜 윤도를 보려는 걸까? 그동안 몇 번이나 걸려왔다는 전화. 거기에 더해 임종이 임박한 상황. 고단한 삶을 사신 분이기에 외면할 수 없어 하던 시침을 서둘렀다. 죽은 사람 소원도 들어준다는데 아직은 산 사람이 아닌가?

저녁 무렵, 윤도가 위안부 할머니들 쉼터에 도착했다. 원장과 담당 여직원이 달려 나와 윤도를 맞았다.

"어떠십니까?"

윤도가 원장에게 물었다.

"좋지 않으십니다."

원장이 답했다. 그를 따라 할머니의 방으로 향했다. 안에는 천주교에서 나온 신부와 신도들이 있었다. 할머니를 위해 천국의 노래를 불러주고 있었다. 복도에서 잠시 기다렸다.

"연고자가 없으신가요?"

윤도가 원장을 바라보았다.

"네. 영감님은 앞서 가셨고 아드님이 한 분 계셨는데 어릴 때 홍역을 앓다가 그만……"

"형제분도 없고요?"

"네……."

대화하는 사이에 기도와 노래가 끝났다.

"방 여사가 모시세요."

원장이 직원에게 지시했다.

"큰언니, 채윤도 선생님 오셨어요. 그 용한 한의사 선생님 말이에요."

여직원이 할머니에게 말했다. 털실 모자에 붉은 목도리를 두른 황금분 할머니는 생각보다 편안한 얼굴이었다.

"채 선생……."

할머니가 손을 내밀었다. 윤도가 그 손을 잡았다.

"죄송합니다. 제가 좀 늦었습니다."

"아니야. 용한 침쟁이면 오라는 곳도 많을 텐데 내 사정만 고집할 수 있나."

"이해해 주서서 고맙습니다."

"미안해. 늙은이가 갈 때가 되니까 말이 많아져서……."

"별말씀을……."

"청와대에서 놔준 침 고마웠어. 그 후로 잠도 잘 자고 무릎도 안 쑤셔."

"다른 불편한 데는요?"

"없어. 여기저기 아픈 거야 늙어서 그런 거잖아. 그거까지야 어쩌겠어."

"네……."

"실은 내가 한 가지 마음에 걸리는 게 있어서……."

"뭐든 말씀하세요."

윤도가 가만히 화답했다.

질곡의 세월을 보낸 위안부 출신 할머니. 이만한 시간이 흐른 일이니 어쩌면 과거의 불행에 대해 입을 닫고 살 수도 있었다. 그럼에도 역사적 사명을 가지고 아픈 과거를 밝힌 분들. 그 또한 커다란 용기가 아닐 수 없었다. 만약 이분들이 모두 침묵했다면 일제의 위안부 만행은 표면에 드러나지 못했을 수도 있었다.

그런데 이 할머니, 눈으로 벽을 가리켰다. 거기에 젊은 남자의 흑백사진이 한 장 보였다.

"먼저 간 우리 신랑이야."

"네……."

"잘생겼지?"

"그러네요."

"저 양반이 마음이 따뜻해. 그 손길이 닿으면 내 마음이 아지랑이처럼 가벼워졌어."

"네……."

"저 양반은 내가 왜정 때 위안부 끌려간 걸 몰라. 그냥 일본 놈들 공장에 끌려갔다 온 줄 알아. 그러다 위안부 문제가 터지기 전에 먼저 죽어서……."

"……."

"귀신이 되었으니까 이제는 알겠지?"

"……."

"그래도 해코지 안 하는 거 보니까 이해한 거 같지?"

"그런 거 같네요."

"그래서 처음에는 저 양반 마음을 안 받아줬는데 자꾸 나 좋다고 쫓아다녀. 그러니 열 번 찍어 안 넘어가는 나무 없다고 결국 마음을 허락했지."

"……."

"첫날밤에 저 양반이 나를 안는데… 일본 놈들 생각이 나면서 눈물이 나는 거야. 오랫동안 잊고 있던 겁도 나고… 그래서 소리 없이 울었어."

"……."

"그랬더니 이 양반이 내가 처녀라서 아파서 우는 줄 알았나 봐. 그게 미안해서 더 울었지."

"……."

"나는 저 양반이 참 고마웠어. 내 아픈 시간을 달래라고 하늘이 보내준 사람으로 보였거든. 그 시대 사람답지 않게 부엌일도 많이 도와줘서 시어머니에게 불알 떨어진다는 호통도 많이 들었지."

별빛 같은 할머니 눈에 추억이 스치고 있었다. 어쩌면 그녀의 허공에 할아버지가 와 있는지도 몰랐다. 그 옛날, 처녀총각으로 만난 분홍의 그날 모습 그대로.

"그 사진, 뒤로 넘겨봐."

할머니가 다시 시선으로 가리켰다.

"이 사진이요?"

"사진 뒤에 또 한 장이 있어요."

뒤에 있던 여직원이 웃으며 설명했다. 윤도가 사진을 넘기자 운명 즈음의 할아버지 사진이 나왔다. 젊은 날의 사진으로 가려놓은 것이다.

"나이 드시니까 더 미남이신데요?"

윤도가 말했다.

"그렇지?"

"네."

"하지만 속알머리가 없잖아."

"……."

할머니의 지적에 윤도가 입을 다물었다. 할아버지 사진, 젊을 때는 큰 문제가 없었다. 하지만 50줄을 살짝 넘은 사진에는 문제가 생겼다. 정수리 부분이 훤하게 드러난 것이다.

"할아버지가 돌아가실 때 신장과 비장이 나빴군요?"

"워매, 징한 거."

윤도의 진단에 할머니가 경기를 했다.

"맞죠?"

"맞아. 우리 저 양반, 처음엔 폐가 안 좋다고 거기 치료만 했는데 나중에 알고 보니 신장에 무슨 신우염인가 뭔가 생기는 바람에 그런 거라고 해서… 꽤 오래 고생하다 죽었어."

"신장이나 비장이 나쁘면 정수리에 탈모가 일어날 수 있거든요. 폐 역시 신장을 고쳐야 제대로 고쳐지는 거고요."

"아이고, 그때 우리 영감이 이렇게 용한 선생을 만나야 하는데……."

"……."

"그래서 말인데… 나 소원 하나 들어줄 수 있을까?"

"무슨 소원인데요?"

"실은 엊그제 우리 영감이 창밖에 왔었어. 아무리 봐도 나 데리러 온 거 같은데 내가 봉사 나온 아줌마 시켜서 커튼을 내려달라고 했지."

커튼…….

그 말은 사실이었다. 나중에 원장에게 들은 말이지만 이틀 전 할머니는 상황이 좋지 않았다. 그렇기에 회진 의사까지 달려왔다. 그 직전 할머니가 자원봉사자에게 커튼을 쳐달라고 했다. 거짓말 같지만 커튼을 친 후부터 할머니의 호흡이 위기를 벗어나기 시작했다.

"내가 말이야… 나 모자 좀 벗겨주겠어?"

할머니가 윤도에게 눈짓을 보냈다. 윤도가 다가서 털실로 짠 모자를 벗겨주었다.

"내 머리 어때?"

할머니가 몇 개 남은 앞니를 드러내며 암죽암죽 물었다.

"……."

윤도는 답하지 못했다. 할머니는 원형탈모였다. 가운데가 폭탄을 맞은 듯 반질반질 비어 있었다. 지난번 청와대에서도 모자를 쓰고 있던 할머니. 그렇기에 탈모를 보지 못한 윤도이다.

"머리카락이 없지?"

"그러네요."

"부부가 오래 살면 닮는다더니 허튼 것까지 닮았나 봐."

"예……."

"실은 영감이 대머리 되었을 때 내가 굉장히 놀려먹었거든. 공짜 좋아하니까 대머리가 됐다고 말이야."

"예……."

"그런데 내가 그 꼴이잖아? 나는 공짜 좋아한 적도 없는데."

거기서 여직원이 신문기사를 들어 보였다. 할머니의 기부 선행이 보도된 기사였다. 이런저런 지원금과 후원금에 재산을 더한 3억여 원. 그 모두를 고향의 복지원에 기탁한 기사였다.

'할머니…….'

괜히 콧등이 시큰거렸다. 평생 가슴에 응어리를 안고 살았을 할머니. 그럼에도 떠나는 마당에는 그 누구보다 값진 선택을 한 그녀였다.

"그래서 말인데, 나 머리카락 좀 나게 해줄 수 있어?"

"네?"

"오랜만에 영감 보게 될 텐데 둘 다 똑같이 속알머리 없는 대머리여 봐. 누가 신랑인지 색시인지도 모르게 되잖아? 신랑 놀려먹다가 염치도 없고……. 오랜만에 보는 거니 예쁘게 보이고 싶기도 하고……."

"그게 소원이세요?"

"응, 내 소원이야."

"잠깐만 기다려 보세요."

윤도가 그녀의 맥을 잡았다. 맥은 완전히 다운 직전이었다.

'진간맥……'

'진심맥……'

'진비맥……'

"……!"

윤도의 눈빛이 신중해졌다. 맥을 한 번 더 확인했다. 다행히 진신맥은 그나마 나았다. 더불어 신장경락의 태계혈 역시 금세 까무룩해질 맥은 아니었다.

"안 될까?"

"할머니가 잘 참으면 될 것도 같은데요?"

"그럼 참지, 뭐. 참는 게 내 인생이야."

참는 게 내 인생.

담담한 한마디가 비수가 되어 윤도의 심장을 건드렸다. 할머니의 과거를 생각하면 공감이 갈 수밖에 없는 말이다.

"시작할게요."

"응, 안 아프게 부탁해."

할머니가 어린아이처럼 움츠렸다. 당연히 아프게 하지 않았다. 윤도는 지상에서 가장 숭고한 침을 할머니의 비장과 신장혈에 꽂아 넣었다.

먼저 간 할아버지에게 예쁘게 보이고 싶은 할머니. 어쩌면 지상에서 가장 아름다운 소원. 그 소원을 위해 신주혈과 비수혈을 비롯해 네 개의 혈자리에 침이 들어갔다. 화침이었다. 정수리의 털은 비장과 신장에 의한다. 거기서 발모를 자극했다.

15분.

타이머를 맞추고 잠시 복도로 나왔다. 정원 목련나무에 잎이 지고 있었다. 햇살도 마침 황혼이다. 시간도 할머니의 친구가 되어 같이 가주려는 걸까?

"선생님."

여직원이 다가왔다. 그녀 옆에 여고생이 보였다.

"아까 황금분 할머니 자원봉사를 하던 이연아 학생이에요. 운명하실 때가 다 되었다는 말을 듣고 학교 끝나면 매일 오네요."

"그래요?"

윤도가 시선을 돌렸다.

"안녕하세요? 저 선생님 알아요."

여학생이 인사를 해왔다.

"실은 선생님께 전화를 해보면 어떻겠냐고 의견을 낸 것도 이 학생이에요. 할머니하고 정이 들었나 봐요."

"할머니 잘 부탁합니다, 선생님!"

여학생이 고개를 숙여왔다.

"혹시……."

병실로 가던 윤도가 학생을 돌아보았다.

"학생이 털실 모자와 목도리를?"

"모자는 아니고 목도리는 제가 엄마랑 같이 떴어요."

"……."

윤도의 시선이 여학생의 얼굴에서 멈췄다. 소녀상 때문이다. 겨울이 오면 어김없이 소녀상에 둘러지는 따뜻한 마음을 담은 목도리. 보기에는 쉽지만 직접 하기는 어려운 일을 어린 여학생이 하다니…….

"할머니가 쟤를 참 좋아해요. 오기만 하면 손을 잡고 잘 놓지 않거든요."

"……."

여직원의 말을 들으며 병실로 돌아왔다. 할머니는 얌전히 잠들어 있었다.

"할머니, 침 뽑을게요."

윤도가 귓전에 속삭였다. 할머니가 가만히 눈을 떴다. 숨을 돌리는 동안 거울을 가까이 보여주었다. 거울 안에 정수리가 들어왔다.

"세상에!"

할머니의 건조한 입이 활짝 벌어졌다. 정수리, 거울처럼 반들거리던 곳에 까뭇한 솜털이 돋고 있었다.

"고마워."

할머니가 윤도의 손을 잡고 웃었다. 새로 돋아난 솜털에 인생의 무게를 다 내려놓은 할머니. 거울에서 눈을 떼지 못했다.

"기분 좋으세요?"

윤도가 물었다.

"그럼. 최고야. 우리나라 해방되던 때만큼 기뻐."

"할아버지하고 결혼식 때가 아니고요?"

"해방이 없었으면 결혼도 없지. 안 그래?"

"……."

"한의사 선생."

"네."

"치료비 받아야지?"

"아닙니다. 치료비는 필요 없습니다."

"그러면 안 돼. 가는 마당에 빚지고 가면 좋은 데 못 가. 더구나 소원을 이루어준 양반인데……."

"할머니……."

"내 베개 꺼내봐. 거기 손 넣으면 봉투가 하나 있을 거야."

"정말 괜찮다니까요."

"내가 안 괜찮아."

"……."

"어서……."

할머니가 재촉하는 통에 하는 수 없이 베개를 꺼냈다. 안에는 봉투가 들어 있었다. 빳빳한 5만 원짜리 신권 열 장이었다.

"나 찾아오는 애기가 하나 있어. 이름이 이연아라고… 아직 여고생이지? 내가 왜놈에게 잡혀갈 때가 딱 그 나이였어."

여고생…….

아까 본 그 여학생이다.

"내 재산 다 기부하고 딱 그만큼만 남겼어."

"할머니……."

"그 아이 연아를 시켜 찾아오게 했는데 나보고 묻잖아? 이 돈 뭐 하려고 그러냐고."

"……."

"내가 말했지. 혹시나 마지막 소원이 생기면 그때 써야 할지 몰라서 그런다고. 그랬더니 연아가 그러네. 이 돈에 담긴 할머니의 소원은 무조건 이루어질 거라고."

"……."

"신통방통하게 그 말이 맞잖아? 이렇게 머리카락이 나다니… 세상에……."

"할머니……."

"그 돈은 한의사 선생이 받아. 한의사 선생이 임자야."

"……."

"내 마음으로 알고."

할머니가 자애로운 눈빛을 보내왔다. 애잔함과 진실함이 함께 담긴 눈빛. 그렇기에 차마 거부할 수 없는 윤도였다.

"그럼 제가 잘 쓰겠습니다."

윤도가 인사를 했다.

"고마워. 이제 커튼 벗겨도 되겠어. 우리 영감, 너무 오래 기다리게 하면 삐쳐서 그냥 갈지도 몰라."

할머니의 시선이 창으로 향했다. 창을 바라보는 볼에 아련한 홍조가 엿보였다. 할머니의 눈에는 정말 죽은 할아버지가 보이는 걸까?

자박!

복도로 나오자 여학생이 있다. 봉투는 여학생 손에 넘겨주었다.

"할머니가 네게 주는 장학금이야. 네 안에 있는 소원을 이루라시며……."

"할머니!"

여학생의 눈물보가 터졌다.

더 보지 않고 밖으로 나왔다. 차를 향해 다가설 때 할머니 방 커튼이 열리는 게 보였다.

할아버지…….

정말 저 어둠을 날아오고 있는 걸까?

할머니…….

정말 할아버지를 볼 수 있는 걸까?

'다음 생에서는 고난 없이 행복하시기를…….'

기도를 남기고 시동을 걸었다. 지상에서 가장 아름다운 소원을 이루어준 윤도의 손끝에 모터의 힘찬 반응이 실려 왔다.

부릉!

『한의 스페셜리스트』 10권에 계속…